W0313603

OBRAS MAESTRAS
DE LA
NOVELA DE AVENTURAS

LA FLECHA NEGRA

CLUB INTERNACIONAL DEL LIBRO

© S. A. de Promoción y Ediciones
CLUB INTERNACIONAL DEL LIBRO
Avda. Manoteras, 50-52
28050 Madrid

ISBN: 978-84-407-1767-2
Depósito legal: M-35730-2009
Imprime: ORYMU
Pinto, Madrid

Cualquier forma de reproducción, distribución, comunicación pública o transformación de esta obra sólo puede ser realizada con la autorización de sus titulares, salvo excepción prevista por la ley.
Diríjase a CEDRO (Centro Español de Derechos Reprográficos, www.cedro.org) si necesita fotocopiar o escanear algún fragmento de esta obra.

LA FLECHA NEGRA

R. L. STEVENSON

PRÓLOGO

Juan el Justiciero

Cierta tarde, ya a finales de primavera y a deshora comenzó a repicar la campana de Moat-House, la casa solariega del dominio de Tunstall. Los aldeanos que estaban trabajando en el bosque y en los campos dejaron sus tareas y se apresuraron a volver al pueblo.

Ya entonces, bajo el reinado del viejo Enrique VI, la aldea de Tunstall tenía casi el mismo aspecto que en nuestros días. Una veintena de casas, rústicamente construidas con gruesas vigas de roble, se levantaban aquí y allá a lo largo de un camino que, recorriendo el verde valle, descendía hasta el río, atravesándolo allí con un puente. Al otro lado, el camino real trepaba hacia un bosque, donde se adentraba antes de llegar a Moat-House, para después seguir hasta la abadía de Holywood. Entre ésta y el pueblo, un poco apartada, estaba la iglesia, rodeada de tejos. Todo el paisaje aparecía cercado por los olmos y los robles del cercano bosque.

Aquella tarde, junto a la cruz de piedra que se erguía en un otero, cerca del puente, se había reunido una docena de mujeres y un mozo alto, vestido con blusón de lana. Todos se preguntaban entre sí qué podría significar aquel toque de campana en una hora tan desacostumbrada. Media hora antes, un correo había atravesado precipitadamente el pueblo, donde bebió una jarra de cerveza sin apearse siquiera del caballo. Se justificó diciendo que su mensaje era muy urgente, pero ignoraba el contenido de las cartas de que era portador; sólo sabía que iban lacradas con el sello de sir

Daniel Brackley, y que estaban dirigidas a sir Olivier Oates, el párroco, que se ocupaba de Moat-House en las ausencias de su señor. Esto fue todo lo que dijo el correo.

Aún seguían los comentarios, cuando se oyó el galopar de un caballo y, a poco, se vio salir del bosque y atravesar el puente a un caballero: era el joven Richard Shelton, el pupilo de sir Daniel. Los aldeanos se dijeron que quizás él sabría algo, y preguntaron al joven señor, que se detuvo de buen grado. Era un muchacho de unos dieciocho años, de rostro bronceado y ojos grises, y vestía una casaca de piel de gamo con cuello de terciopelo negro. Se tocaba con una capucha verde, y llevaba una ballesta colgada a la espalda.

Dijo a los campesinos que, al parecer, el mensajero había llevado importantes noticias. Era inminente una batalla, y sir Daniel ordenaba que todo hombre capaz de tender un arco o manejar un hacha, se dirigiera sin pérdida de tiempo a Kettley; quien no lo hiciera, incurriría en su cólera. Pero Dick –diminutivo cariñoso con que solían llamar a Richard– ignoraba por quién y dónde se combatiría. Lo cierto era que el propio sir Olivier iba a llegar de un momento a otro, y que Bennet Hatch ya se aprestaba a tomar las armas para ponerse al mando de las tropas de refuerzo.

–Eso es la ruina de nuestro hermoso país –dijo una mujer–. Si los barones se hacen la guerra, las gentes del campo tendremos que alimentarnos de raíces.

–Nada de eso –respondió Dick–: los soldados que vengan con nosotros tendrán una paga de doce sueldos, y los arqueros, de veinticuatro.

–Eso estará muy bien –replicó la mujer–. Pero sólo para los que vivan y puedan disfrutarlos.

Entonces intervino el mozo, para preguntar:

–¿Podríais aclararme un misterio?... ¿Por quién se bate ahora sir Daniel?

–No lo sé, Clipsby –respondió el muchacho.

Y al decirlo se ruborizó un poco, pues su tutor había cambiado de partido más de una vez en aquella turbulenta época, y en todas las ocasiones engrosó notablemente su fortuna.

–Lo ignoráis vos y lo ignora todo el mundo –siguió diciendo el atrevido mozo–. Sir Daniel es capaz de acostarse siendo de los Lancaster, y despertar defendiendo a los York... Por otra parte, ¿qué me importa a mí sir Daniel ni sir Olivier, que entiende más de leyes que de honradez? Yo no tengo más señor natural que el pobre Enrique VI, que Dios bendiga, infeliz inocente que no sabe ni dónde tiene la mano derecha.

–Mala lengua tienes, amigo –dijo entonces Dick, ya recobrado–. Al mismo tiempo, difamas a tu amo y a tu rey. Enrique VI ha recobrado su sano juicio, y todo lo pondrá en orden pacíficamente... En cuanto a sir Daniel, te veo muy valiente a espaldas suyas; pero no temas, que yo no soy chismoso, y ya olvidé lo que has dicho.

En aquel momento, el puente resonó bajo las herraduras de un caballo, y apareció Bennet Hatch. Era un hombre de cabellos ya grises y rostro curtido, de aspecto duro y expresión agresiva. Iba armado de espada y lanza, llevaba casco de acero y vestía un jubón de gruesa piel. Bennet Hatch era uno de los hombres más importantes de la comarca: además de brazo derecho de sir Daniel, tanto en tiempos de paz como de guerra, era el alguacil del distrito y ayudaba más de lo que debiera al señor que le dio el cargo.

–Clipsby –ordenó–. Ve corriendo a Moat-House y lleva contigo a los demás hombres que aún queden en el pueblo. Bowyer os dará jubones y cascos. Hemos de partir antes del toque de queda. Di que el último que llegue sufrirá un buen castigo.

Luego, dirigiéndose a una de las mujeres del grupo, preguntó:

–Nancy, ¿está en el pueblo el viejo Appleyard?

–Seguro que lo encuentra en su campo.

El grupo de aldeanos se dispersó, y mientras Clipsby cruzaba el puente sin darse prisa alguna, Bennet y el joven Shelton, cabalgando uno junto a otro, atravesaron el pueblo hasta llegar cerca de la iglesia. Se detuvieron ante una casa rodeada de un bosquecillo de lilas, más allá de la cual ya los prados y las tierras de labor se extendían hasta los linderos del bosque.

Hatch echó pie a tierra, ató las riendas de su cabalgadura en la empalizada y, seguido de Dick, se dirigió hacia un viejo soldado que estaba cavando un pequeño campo de coles. Canturreaba con voz cascada una estúpida canción, y vestía completamente de cuero; sólo su capucha y su esclavina eran de lino negro y las sujetaba con una cinta de vivo color escarlata.

Su rostro, moreno y muy arrugado, parecía una cáscara de nuez; pero sus ojos conservaban un brillo juvenil y una penetrante agudeza.

–Nick Appleyard –le dijo Hatch–. Te traigo saludos y una orden de sir Olivier. Has de ir inmediatamente a Moat-House, para hacerte cargo del mando de la guarnición.

El viejo levantó la cabeza:

–Que Dios os guarde –dijo–. ¿Y a dónde va el señor Hatch?

–A Kettley, con todos los hombres capaces de montar un caballo. Parece que allí se está combatiendo duro, y nuestro señor ha de llevar refuerzos.

–Bien –respondió Appleyard–. ¿Y qué guarnición me dejáis?

–Seis hombres fuertes, además de sir Olivier.

–No bastan.

–¡Por eso venimos a buscarte!... Tú eres el único que puede hacer algo efectivo con una guarnición tan pequeña.

–Master Hatch –gruñó el viejo–, no sé lo que pueda hacerse con hombres incapaces de tender un arco o de manejar un hacha.

–¡Vamos, Nick! ¡Aún te quedará algún buen arquero!

–¿Bueno?... Yo no digo que no sepan tender un arco; pero de eso a dar en el blanco... ¿A qué llamaríais vos una larga distancia para un buen arquero, master Bennet?

Hatch miró en torno suyo, como calculando con la mirada, y respondió:

–Como de aquí al bosque.

–Sí: no está mal –dijo Nick, mirando por encima del hombro de Bennet.

Después, protegiéndose los ojos con una mano, se puso a mirar hacia la espesura.

–¿Qué miras? –preguntó el otro, riendo entre dientes–. ¡Cualquiera diría que estabas apuntando a Enrique V!

El veterano soldado continuó mirando hacia la tupida masa del bosque. Todo parecía tranquilo y normal: un sol espléndido brillaba sobre los árboles y las praderas, donde ramoneaban algunas ovejas, y sólo turbaba el silencio el lejano tañer de una campana. Pero Nick seguía mirando con insistente atención.

–¿Qué pasa, Appleyard? –preguntó entonces Dick.

–Pájaros –respondió lacónicamente el soldado.

A un tiro de flecha de donde estaban, y por encima de unos hermosos olmos que se alzaban ya en pleno prado, una bandada de pájaros volaba de un lado a otro con rápidos virajes, como espantados.

–¿Qué pasa con los pájaros? –volvió a preguntar el joven caballero.

–Verdaderamente –repuso el viejo–, para un hombre que ya se va a la guerra, no parecéis tener mucha experiencia. Los pájaros son unos magníficos centinelas, creedme. Si tuviéramos aquí nuestro campamento, yo diría que en el bosque hay escondidos unos arqueros, dispuestos a acribillarnos con sus flechas.

–¡Vamos, tú estás viendo visiones o chocheas! –exclamó Bennet–. ¡Si los hombres que tenemos más cerca están en Kettley, con sir Daniel! Este lugar es más seguro que la torre de Londres... ¿Pretendes asustarme con unos gorriones?

Appleyard le miró burlonamente:

–¿Eso os parece? –dijo, forzando la intención de sus palabras–. ¡Cuántos bribones darían sus orejas a cambio de atravesarnos con sus flechas, a vos y a mí!... ¡Por san Miguel! ¡Si nos odian como a bestias dañinas!

–La verdad es que muchos no quieren bien a sir Daniel –asintió Bennet.

–Ni a sir Daniel ni a quienes le sirven, comenzando por vos y por mí... Decidme, master Hatch: si allí hubiese un buen mozo dispuesto a tirar una flecha, ¿a quién de los dos elegiría primero?

–Apuesto que a ti.

–¡Me juego mi capote contra un cinturón –replicó el viejo–, a que seríais vos a quien apuntara!... Incendiasteis a Grimstone, y eso no os lo perdonarán nunca. En cuanto a mí, ya soy viejo y moriré muy pronto. Pero vos, master

Hatch, si llegáis a mi edad, lo que dudo, será porque el viejo espíritu inglés haya muerto.

–¡Pero tú eres el viejo más condenado de todo Tunstall! –replicó Bennet, evidentemente molesto–. Anda: ve por tus armas antes de que llegue sir Olivier. A ver si así te callas.

En aquel momento, como un enorme abejorro, una flecha zumbó en el aire, yendo a clavarse entre los omóplatos de Appleyard y atravesándole de parte a parte. Su cuerpo fue a caer, de bruces, en medio de las coles. Hatch, tan asustado como sorprendido, lanzó un grito y, encorvándose, corrió hasta ponerse en seguro detrás de la casa. Dick Shelton se había refugiado en el tronco de un árbol, y tendía su arco, apuntando hacia el bosque.

Ni una hoja temblaba; las ovejas seguían pastando pacientemente, y hasta los pájaros se habían calmado. Pero allí yacía el viejo, con un palmo de flecha sobresaliendo de su espalda. Hatch, sin abandonar el seguro de la casa, gritó:

–¿Veis algo?

–Nada se mueve –respondió Dick.

Bennet se decidió entonces a acercarse, con pasos vacilantes, y dijo, mirando al herido:

–Sería una vergüenza abandonarle aquí... Vigilad, master Shelton; no perdáis de vista el bosque. ¡Que los santos nos protejan! ¡Vaya un tiro certero!

Incorporó al viejo, que aún no había muerto, pero cuyo rostro se crispaba de dolor. Al sentirse cogido, suplicó, entre gemidos:

–¡Arrancadme la flecha!

Dick dejó su ballesta en el suelo, cogió la flecha y tiró con todas sus fuerzas para que el desgarrón fuera más rápido. De la herida brotó un grueso chorro de sangre; el cuerpo del herido se irguió levemente, y luego cayó, muerto.

Hatch, arrodillado entre las coles, rezó con auténtico fervor por el alma de su compañero. Sin embargo, era evidente que su atención se dirigía tanto a sus oraciones como al bosque de donde habían disparado. Cuando terminó los rezos, se puso en pie y, quitándose una de las manoplas de malla, se enjugó el pálido rostro, que el miedo todavía hacía sudar.

–La próxima vez –murmuró–, me tocará a mí.

–¿Quién habrá disparado, Bennet? –preguntó Dick Shelton, que aún llevaba en la mano la flecha que hirió a Appleyard.

–Sólo Dios lo sabe... Entre Nick y yo hemos echado de sus casas y de sus tierras a más de cien cristianos. Él ya pagó, y pronto me llegará el turno. ¡Sir Daniel siempre va más lejos de lo que debiera, y nosotros sufrimos las consecuencias!

El muchacho, que estaba contemplando detenidamente la flecha, dijo entonces:

–¡Qué cosa más extraña...! ¡Mira, Bennet!

Hatch se fijó entonces en la flecha y asintió:

–¡Por cierto que sí! Negra, y empenachada con plumas negras también... Mirad, hay algo escrito aquí... «Para Appleyard, de parte de Juan el Justiciero». ¿Qué quiere decir esto? ¡No me gusta nada, Dick! Ese nombre no anuncia nada bueno para los grandes de este mundo... Pero vámonos de aquí, y no sirvamos más de blanco. Coged al pobre Appleyard por las piernas, y yo lo cogeré por los hombros. Así lo llevaremos más pronto a su casa. Este asunto emocionará mucho a sir Olivier, master Shelton. Cuando oiga lo que le contamos, se pondrá lívido y no parará de rezar y de gruñir. Ya veréis.

Entre los dos llevaron al viejo a la casita donde había vivido en plena soledad, y depositaron el cuerpo en el suelo, para no manchar el colchón. En el cuarto no se veía más que el lecho, con cubierta azul, un armario y un gran cofre, dos taburetes y una mesa con goznes junto a la chimenea. De una pared colgaban la armadura y los arcos del viejo soldado.

Hatch dirigió en torno su mirada llena de curiosidad, y dijo:

–Nick tenía dinero. Yo sé que había reunido una pequeña fortuna; por aquí debe haber lo menos sesenta libras. Cuando se pierde un buen amigo, master Richard, el mejor consuelo es heredarle. Apuesto a que están en este arcón. Appleyard tenía una mano vigorosa para recoger, pero también para guardar. ¡Que Dios haya dado descanso a su alma! Casi ochenta años llevaba en pie, y siempre cogió lo que pudo. Ahora ya no necesita nada. Si acaso, que sus bienes vayan a manos de un buen amigo como yo. Así se sentirá mejor en el cielo.

Mientras hablaba, iba registrando, bajo la mirada triste y llena de asombro de Richard, que por fin no pudo contenerse:

–¡Vamos, Hatch! –dijo–. Aún está caliente el cuerpo del pobre Appleyard, y ya piensas en robarle...

Hatch hizo la señal de la cruz varias veces, pero ya el color había vuelto a su rostro y se disponía a atacar al arcón. Poco hubiera resistido la cerradura, de no abrirse en aquel momento la puerta de entrada. En seguida apareció en la habitación un hombre alto, grueso y colorado, de unos cincuenta años. Sus ojos eran negros, como el traje talar y el sobrepelliz que vestía.

–¡Appleyard! –dijo, entrando.

Pero en seguida se detuvo contemplando la escena, y exclamó, paralizado por la emoción:

–¡Ave María! ¡Que los santos nos protejan!... ¿Qué clase de recibimiento es éste?

–Un recibimiento muy frío, al menos para Appleyard, señor cura –respondió Bennet–. Lo han matado en la misma puerta de su casa, y ya estará entrando en el Purgatorio.

–¡Qué tremendo golpe! –suspiró el párroco, interrumpiendo las oraciones que había comenzado–. ¡Porque esto es una sentencia!... ¿Quién ha sido?

–Sir Olivier –dijo Dick Shelton–, mirad la flecha que le ha matado. Como veis, lleva el nombre de quien la envió.

–¡Juan el Justiciero! –exclamó el párroco–. ¡Vaya nombre amenazador! Y su color negro no puede ser de peor augurio... Bennet, ¿quién puede ser? Entre todos nuestros enemigos, ¿quién será el que así nos reta? ¿Simnel?...; lo dudo. ¿Los Walsingham? No; piensan dominarnos cuando cambien los tiempos, pero están desunidos y prefieren encomendarse a la justicia... También pudiera ser Simon Malmesbury... ¿Qué crees tú, Bennet?

–Señor –respondió Hatch–, ¿qué pensáis vos de Ellis Duckworth?

–¿Ése? ¡Imposible!... Una revuelta nunca empieza por los de abajo, y todos los cronistas sensatos están de acuerdo en proclamarlo. Cuando la mano de un villano se rebela siempre lo hace guiada por algún noble señor. Las rebeliones siempre caminaron de arriba hacia abajo... No; lo que sucede es que sir Daniel se ha vuelto a reunir con los partidarios de la reina, y ha caído en desgracia con los señores de York. De ahí vino el golpe, Bennet. Sólo nos falta saber de quién se han valido.

Hatch no opinaba lo mismo, y volvió a insistir:

–Aunque os sepa mal oírlo, sir Olivier –le dijo–, las gentes de esta comarca nos quieren tan mal, que no necesitan de York ni de Lancaster para vengarse de nosotros. Así lo creía también el viejo pecador de Appleyard, y yo os diré llanamente lo que pienso. Vos, aun siendo clérigo, y sir Daniel, navegando siempre con el mejor viento, os habéis apoderado de los bienes de muchos, y habéis hecho apalear y hasta colgar a no pocos. Siempre os arreglasteis para que la ley estuviera de vuestra parte, y pensabais que no había nada que temer. Pero el infeliz que se ve robado o maltratado no sueña más que en vengarse; y el día que menos se piensa, le empuja el diablo, coge su arco, y os mete un trozo de flecha en el cuerpo.

–¡No dices más que tonterías! –le replicó el párroco, amostazado–. Yo te aconsejaría que callases más lo que dices.

–Está bien. Olvídese de lo que le he dicho.

El clérigo se levantó del taburete donde se había sentado, y de un estuche que llevaba al cuello sacó cera, una bujía, pedernal y eslabón. Manejándolo todo con la destreza de la costumbre, comenzó a poner el sello con las armas de sir Daniel sobre el cofre y el armario. Terminada la operación, que Hatch presenció con evidente desconsuelo, los tres hombres salieron de la casa y montaron a caballo.

–Ya debíamos estar en camino, y de prisa, sir Olivier –le dijo Bennet mientras le sostenía el estribo.

–Sí –respondió el cura–, pero tendremos que cambiar nuestros planes. Appleyard, cuya alma descanse en paz, ya no puede encargarse de la guarnición. No tengo más remedio que contar contigo, en estos tiempos de flechas negras... «La flecha que vuela de día»..., dice el Evangelio, y no me acuerdo de lo que sigue. Realmente, soy un cura holgazán, y me ocupo demasiado de los negocios humanos... Pero marchemos más de prisa, que los hombres ya estarán en la iglesia.

Antes de llegar a ella vieron a una veintena de hombres, unos todavía a caballo y otros de pie junto a sus cabalgaduras. Estaban mal y desigualmente armados, porque eran la hez del pueblo; los mejores hombres ya se habían reunido con sir Daniel y estarían seguramente en el campo de batalla.

–No está mal del todo –exclamó sir Olivier mientras contaba mentalmente a la pequeña tropa–. Creo que nuestro señor...

Le interrumpió Hatch, que se puso a gritar:

–¡Alto ahí! ¿Quién va?

Un hombre intentaba escabullirse, corriendo entre los tejos del cementerio que había detrás de la iglesia, y que ya daba a los prados. Cuando se vio descubierto renunció a ocultarse, y se lanzó desesperadamente hacia el bosque. Lo mismo hicieron los hombres que fueron en su persecución; pero como tuvieron que dar la vuelta al cementerio, el desconocido consiguió escaparse.

En medio del desconcierto general sólo Dick Shelton había conservado la sangre fría; descolgó la ballesta que llevaba a la espalda, y puso una flecha en el arco, ya tenso. Cuando vio que los hombres abandonaban la persecución, se volvió hacia Bennet para preguntarle si debía disparar.

–¡Tira! –gritó el sacerdote, con una violencia sanguinaria.

–¡Apuntadle bien, master Dick! –le insistió Bennet.

El fugitivo ya estaba cerca de los primeros árboles; pero la última parte del prado ascendía en pronunciada pendiente, y su carrera se hizo más lenta. En medio de la oscuridad que iba cerrando, y con los movimientos en zig-zag del hombre, no era fácil dar en el blanco. Por otra parte, Dick sentía una cierta repugnancia, algo como un vago deseo de errar el tiro. Por fin soltó la flecha, el hombre vaciló un momento, y acabó por caer. Hatch y los demás perseguidores lanzaron gritos de victoria. Pero se alegraban demasiado pronto. El fugitivo se levantó y, volviéndose hacia ellos, agitó su gorro mofándose de ellos, y pronto desapareció en la espesura del bosque.

–¡Que el diablo se lo lleve! –exclamó Bennet, rabioso.

–Me estoy preguntando –dijo sir Olivier– qué podría estar haciendo alrededor de la iglesia. Me temo que haya cometido algún desaguisado... Clipsby, amigo mío, haz el favor de dar una vuelta por los tejos y dime lo que encuentras.

El mozo se apresuró a obedecerle, y volvió casi en seguida, llevando un papel en la mano. Dijo que lo había encontrado sujeto con clavos en la misma puerta de la iglesia.

–¡Por nuestra Santa Madre Iglesia! –exclamó el cura, escandalizado–. ¡Esto raya en sacrilegio! Que se haga por dar gusto al rey, bien está: ¡pero que cualquier villano pegue papeles en la puerta del presbiterio!... Por menos han muerto en la hoguera muchos hombres... Pero, ¿qué dice? La luz ya escasea y no puedo leer. Master Richard, ten la bondad de leerme lo que hay escrito en ese papel.

Dick Shelton cogió el papel y leyó en voz alta. Eran unos versos, más bien unas toscas coplas de ciego que apenas sí rimaban, escritas en burdos caracteres y plagadas de faltas de ortografía.

Con alguna corrección, venían a decir así:

Cuatro flechas tenía en mi cinto,
por los cuatro males que soporto;
cuatro flechas para cuatro malvados
que me hicieron sufrir tanto y tanto.

Una de las cuatro ya ha volado,
Y al viejo Appleyard traspasó.

Bennet Hatch, para ti es la segunda;
prendiste fuego a Grimstone,
y eso nadie lo ha olvidado.

Sir Olivier, recibiréis la tercera
por haber matado a sir Harry Shelton,
que fue el más donado caballero.
Y para vos, sir Daniel, será la última.

Cada uno tendrá su merecido:
en cada negro corazón, una flecha negra.
Poneos de rodillas, malditos, y rezad,
que la hora de la venganza ya ha sonado.

Juan el Justiciero
del Verde Bosque
y sus atrevidos compañeros.

Tenemos además otras flechas, y unas fuertes cuerdas para otros tantos asesinos como vosotros.

–¡Ay de mí! –gimió sir Olivier–. ¡Qué tristes tiempos los nuestros! ¡Por la cruz de Holywood, juro que soy tan inocente como un cordero recién nacido! Yo no degollé al buen caballero, y ni siquiera estaba en Moat-House cuando murió. Todos saben que me enviaron a cumplir una misión, y que salí antes de las nueve...

–¡Callaos ya, sir Olivier! –le interrumpió Hatch–. Pero como no acabéis vuestro sermón inoportuno, emplearé otro medio... ¡Goffe! Toca la señal de *¡a caballo!*

Mientras sonaba la corneta tocando a botasilla, Bennet se acercó al sacerdote y le dijo unas palabras al oído. Sir Olivier palideció y, como quien vuelve en sí, echó una mirada a Dick Shelton.

El joven comprendió aquella escena, lleno de asombro, y en verdad que había motivos para su estupor, porque sir Harry Shelton, de cuya trágica muerte hablaban, era su propio padre. Sin embargo, sus labios permanecieron mudos, y su rostro no dejó transparentar sus emociones.

A la vista de las amenazas contenidas en aquel funesto papel, y como medida preventiva, entre todos decidieron que diez hombres escoltarían al párroco en su marcha a través del bosque, y luego, cuando llegaran a Moat-House, se quedarían allí como guarnición del castillo. Dick Shelton tomaría el mando de los refuerzos destinados a sir Daniel.

Realmente, era el más capacitado para ello. Los hombres que tendría a sus órdenes eran auténticos rústicos, sin experiencia guerrera alguna, mientras que él, además de ser muy popular entre las gentes, era más serio y valiente de lo que correspondía a su edad. Sir Olivier le había dado una sólida educación intelectual, y Bennet Hatch le enseñó el manejo de las armas y el difícil arte de mandar tropas. El rudo guerrero siempre se portó bien con él, porque era tan duro con sus adversarios como leal para quienes consideraba sus amigos.

Así, mientras sir Olivier entraba en una casa de la vecindad, donde escribiría a sir Daniel una detallada relación de los últimos sucesos, Hatch se acercó a su discípulo para decirle:

–Master Dick, tomad el camino más largo y no paséis por el puente, donde vuestra vida peligraría. Una vez en el bosque, seguid con toda prudencia. Si esos bribones caen sobre vos, volved riendas y huid, porque de nada serviría resistirles.

Luego, tomando aliento como para decir algo penoso, añadió:

–Ya que partís a la guerra mientras yo me quedo en Tunstall, donde nada bueno puede esperarme, voy a daros mis últimos consejos, porque quizás ya no volveremos a vernos... Desconfiad de sir Daniel, que no es hombre seguro; no os fiéis tampoco de este clericucho, que no es mal hombre pero no tiene voluntad propia y es manejado como un títere por nuestro señor. Y allá en donde estéis, conseguid amigos leales y buscad protectores poderosos: nunca os olvidéis de hacerlo así... Por último, acordaos alguna vez de Bennet Hatch: en este mundo hay muchos pícaros peores que él. Ahora marchaos, y que Dios os guarde.

–Que él te proteja también, Bennet –respondió Richard–. Siempre fuiste un buen amigo mío, y no lo olvidaré.

–Otra cosa –añadió Hatch, todavía con mayor embarazo–. Si ese Juan el Justiciero me envía la flecha prometida, quizá podáis dar una libra para el eterno descanso de mi alma pecadora. El Purgatorio no sería muy alegre para mí.

–Haré lo que deseas, Bennet, pero deja tan sombríos pensamientos. Estoy seguro de que nos volveremos a encontrar, y además en algún sitio donde tendrás más necesidad de cerveza que de misas.

–¡Que Dios os escuche!... Pero ya viene sir Olivier con su carta. Si fuera tan hábil para manejar la espada como la pluma, sería un gran hombre de armas.

El párroco de Tunstall entregó a Dick un pliego sellado, que el joven caballero guardó en su casaca. Después hizo una seña a sus hombres, y la tropa se puso en marcha en dirección Oeste.

LIBRO I

Los dos muchachos

CAPÍTULO PRIMERO

La «Posada del sol», en Kettley

Aquella noche, sir Daniel y sus hombres estaban acantonados en Kettley, bien protegidos por sus patrullas de vigilancia y cómodamente instalados.

Sin embargo, el señor de Tunstall era hombre a quien la avaricia quitaba el sueño, y ni aun en aquellos momentos, cuando se adentraba en una aventura importante y dudosa, a las dos de la madrugada ya estaba dispuesto a esquilmar a quien fuese, y por la cantidad que fuera.

Su negocio principal consistía en mediar en las herencias en litigio; compraba los derechos del demandante menos provisto de razón, y luego, ganando la voluntad de personajes influyentes, conseguía injustas sentencias en su favor. Otras veces se andaba con menos rodeos y se apoderaba de la casa o las tierras en disputa por medio de las armas; después, entre sus influencias en la Corte y las marrullerías de sir Olivier para burlar la ley, solía conservar los bienes incautados.

Kettley era uno de sus últimos logros; pero hacía poco que había caído en sus garras, y aún luchaba contra la oposición de algunos arrendatarios. Para imponer respeto y calmar el descontento, había conducido allí sus tropas, y ahora, después de un corto sueño, se dispuso a emplear sus procedimientos habituales.

Se sentó junto a la chimenea del gran salón de la «Posada del Sol», muy envuelto en una capa de color rojo y teniendo ante él una jarra de cerveza bien sazonada de especias. No llevaba yelmo, y mostraba desnuda su calva, que aparecía mayor sobre el rostro enjuto y moreno que ahora apoyaba sobre su mano, en actitud pensativa.

En el otro extremo de la amplia estancia, algunos hombres armados montaban guardia, mientras que otros compañeros, tendidos sobre los bancos, buscaban unas horas más de reposo. Cerca de sir Daniel, un muchacho, que aparentaba doce o trece años, estaba tendido en el suelo, arropado en una capa. El dueño de la posada, en pie y respetuosamente, escuchaba al gran personaje.

–Pon atención en lo que digo. No cumplas otras órdenes que las mías, y seré siempre un buen señor para ti. Necesito hombres adictos en los pueblos importantes, y Adams ha de ser condestable; si no resulta elegido, creo que lo sentirás... En cuanto a los que pagaron rentas a los Walsingham, tomaré otras medidas. Por cierto que creo que también tú...

–¡Os juro, señor –exclamó el posadero–, os juro que si pagué esas rentas fue por fuerza! No, valiente caballero; no tengo nada que ver con esos bribones de los Walsingham, que eran más pobres que unas ratas no hace mucho. Yo prefiero un gran señor como vos, y podéis preguntar a quien sea: todos os dirán que estoy por los Brackley.

–Entonces –dijo sir Daniel–, pagarás doble renta.

Al posadero se le ensombreció el semblante, pero no dijo nada. Aquélla era una desgracia que los arrendatarios soportaban con tanta frecuencia, en aquellos tiempos turbulentos sobre todo, que hasta podía darse por satisfecho de comprar la paz por aquel precio.

Mientras, el muchacho que estaba en el suelo comenzó a moverse, y después se incorporó, mirando en torno con expresión asombrada.

–¡Ven aquí! –le dijo sir Daniel.

El muchacho le obedeció, y mientras se acercaba, el señor se recostó en su asiento, riendo burlonamente:

–¡Por la santa Cruz de Holywood! –dijo–. ¡Vaya chico hermoso!

El jovencito enrojeció de rabia, y sus negros ojos lanzaron chispas de rencor.

Viéndole de pie, era más difícil precisar su edad. Sus mejillas eran sedosas como las de un niño, pero sus facciones mostraban cierta madurez. Su cuerpo era muy esbelto, y caminaba con algún desmaño.

–¿Me habéis llamado por algo, sir Daniel? –preguntó–. ¿O era sólo para burlaros de mi lastimoso estado?

–Nada de eso. Pero deja que me ría. Si te vieras, tú serías el primero en burlarte de ti.

–Pues seguid riendo –respondió el muchacho, volviendo a enrojecer de ira–. Ya responderéis de esto y de todo lo demás.

–¡Vamos, primo! –dijo sir Daniel, en tono conciliador–. ¿No ves que estaba bromeando?... Voy a proporcionarte un matrimonio que te valdrá mil libras, y no debes dudar de mi cariño. Es verdad que te apresé con cierta rudeza, y que te he tratado con pocos miramientos, pero me obligaron las circunstancias. De ahora en adelante voy a servirte y protegerte. Vas a ser madame Shelton, lady Shelton, mejor dicho, porque el chico promete... ¡A ver, posadero! Trae una buena comida para mi primo, master John... Anda, hijo querido, siéntate y come.

–¡No! –exclamó master John–. ¡No probaré ni un bocado de pan! Ya que me forzáis a cometer este pecado, ayunaré por la salvación de mi alma... Posadero: traedme un vaso de agua, y eso me bastará.

–¡Ya sacaremos bula! –dijo el caballero, pacientemente–. ¡Si tenemos los mejores confesores de Inglaterra!

Pero el muchacho sólo tomó un poco de agua pura. Después fue a sentarse en un rincón de la estancia, se arrebujó en su capa, y volvió a abstraerse en sus pensamientos.

Dos horas más tarde se oyó en el exterior el ruido de unos caballos al galope. La tropa se detuvo ante la posada, se abrió la puerta y, en el umbral, todo salpicado de barro, apareció Richard.

–¡Que Dios os guarde, sir Daniel! –dijo, acercándose.

–¡Dick Shelton! –exclamó el caballero, sorprendido.

Al oír este nombre, el muchacho, que aún continuaba en su rincón, observó al recién llegado con un tremendo interés.

–Pero, ¿dónde está Bennet Hatch? –siguió diciendo sir Daniel.

–Dignaos leer este mensaje de sir Olivier, y os enteraréis de todo lo sucedido... También debo decir que, al venir hacia aquí, encontré a un caballero que me informó de que el señor de Risingham anda en apuros y pide que le ayudéis sin pérdida de tiempo.

–¡Vaya, vaya!... ¿Así que se encuentra en situación apurada?... Entonces, nos quedaremos tranquilamente aquí, porque en estos tiempos revueltos y peligrosos para la pobre Inglaterra, quien va despacio llega más seguro. Pero antes, veamos qué ganado me has traído de Tunstall... ¡Selden! ¡Saca una antorcha a la puerta!

Y sir Daniel salió de la posada, para inspeccionar a la tropa recién llegada. Como amo y como vecino, no gozaba del favor de la gente; pero como jefe y guerrero, le admiraban todos los que seguían su bandera. Su probado valor, su previsión para la comodidad de los soldados, y hasta sus rudas bromas, eran muy del gusto de los valentones que en aquellos contornos vestían cota y celada.

–¡Por la Santa Cruz! –exclamó al ver a los aldeanos de Holywood–. ¿Qué míseros perros son éstos...? ¡Amigos míos, voy a poneros en vanguardia en cuanto lleguemos al campo de batalla! Puedo quedarme sin vosotros y continuar tan tranquilo... ¡Hola,

Clipsby! ¿También tú, buena pieza? Tú iras al frente de todos, con un ojo de buey pintado en la cota, para que seas mejor blanco para los arqueros. Ya lo sabes: tú me enseñarás el camino.

–Os enseñaré todos los caminos, sir Daniel –repuso osadamente el mozo–, menos el que os lleve a cambiar de partido.

El caballero prorrumpió en sonoras carcajadas.

–¡Bien, hombre! ¡Muy bien dicho! Tienes lengua de víbora, pero te perdonaré por esa frase tan graciosa... ¡Selden, cuida de que coman estos hombres y sus bestias!

Sir Daniel regresó al interior de la posada, y volvió a sentarse en la mesa, acompañado por Dick.

–Come, amigo mío –le dijo–; aquí tienes tocino y buena cerveza. Mientras, yo leeré el mensaje de sir Olivier.

Cuando terminó la lectura, el caballero miró a su pupilo con aire preocupado, como indeciso. Por último se decidió a preguntarle:

–¿Has leído estas coplas de ciego?

–Sí, señor.

–Entonces, ya sabes que se menciona el nombre de tu padre, y que un loco culpa de su muerte a nuestro buen capellán.

–Pero él lo negó, y muy indignado por cierto.

–¿De veras lo ha negado? De todas formas, no hagas mucho caso de lo que haya dicho, porque es un charlatán impertinente... Otro día que esté más desocupado que hoy, te hablaré de aquel triste acontecimiento. Las sospechas recaían sobre un tal Duckworth, pero los tiempos estaban muy revueltos y no se pudo hacer justicia.

–¿Pero ocurrió en Moat-House? –preguntó Dick, mientras su corazón latía con violencia.

–Sucedió entre Moat-House y Holywood –contestó sir Daniel, muy sereno al parecer.

–Pero al decirlo, miró recelosamente al caballero y en seguida se apresuró a pedirle:

–Acaba con tu comida, que voy a mandarte a Tunstall con unas líneas para sir Olivier.

El rostro de Dick se ensombreció con una expresión de tristeza.

–¡Por favor, sir Daniel! –exclamó–. ¡Que vaya cualquiera de esos villanos! Os suplico que me dejéis tomar parte en la batalla; ya veréis cómo me porto.

–No lo dudo –respondió el caballero, disponiéndose a escribir–. Pero aquí, Dick, no te espera gloria alguna. Voy a seguir en Kettley hasta tener noticias seguras de cómo marcha la guerra, y entonces me uniré al vencedor... Y no por cobardía, sino por prudencia. Este pobre reino está tan revuelto con las continuas rebeliones, y cambia tanto de manos el nombre y la custodia del rey, que nadie puede prever hoy lo que sucederá mañana.

Dicho esto, sir Daniel se dispuso a escribir, vuelto de espaldas a Dick y en el extremo más apartado de la larga mesa. El joven Shelton continuó comiendo, hasta que, de pronto, notó que alguien le tocaba ligeramente en un brazo, y una voz suave le decía, casi al oído:

–¡No os mováis, por favor! Por caridad os pido que me indiquéis el camino para llegar a Holywood. En nombre del cielo, sed buen chico y socorred a una pobre alma que se encuentra en peligro, y en la mayor miseria del mundo.

–Tomad el camino que pasa junto al molino –respondió Richard con el mismo sigilo–. Cuando lleguéis al pontón del Till, preguntad por dónde os conviene seguir.

Continuó comiendo con el mismo disimulo; pero, sin volver la cabeza, miró de reojo al muchacho que le habló, y que ya entonces se alejaba furtivamente hacia la puerta.

«¿Cómo? –se dijo–. Tiene menos años que yo, y me llamó *buen chico*... Si hubiera reparado en ello antes de contestarle le hubiera soltado un pescozón. Bueno: si consigue pasar los pantanos, ya lo atraparé y le tiraré de las orejas».

Media hora más tarde, sir Daniel entregó su carta a Dick, y le pidió que la llevara a Moat-House con la mayor urgencia. Y no estaría el muchacho muy lejos de la posada, cuando apareció ante ella, galopando a rienda suelta, un mensajero enviado por el señor de Risingham.

–Sir Daniel –dijo–, habéis perdido una hermosa ocasión para cubriros de gloria. Esta mañana, antes de amanecer, comenzó la batalla y dispersamos a las tropas enemigas por su ala derecha; pero el centro se mantuvo firme. Si hubiéramos contado con vuestra ayuda, a estas horas estarían en las aguas del río... ¿Será posible que lleguéis el último, caballero? Diría muy poco en favor de vuestra fama.

–Ya estaba a punto de partir –respondió sir Daniel–; pero aún no hace dos horas que llegó la mayor parte de mis tropas, y siempre dije que la espada es un buen pienso, pero puede matar al caballo... ¡Selden, que toquen a llamada!

Se oyó el alegre toque de las trompetas, y por todas partes comenzó a llegar a la calle principal la tropa de sir Daniel, formando en seguida delante de la posada. Diez minutos después, cien lanceros y arqueros, bien armados y disciplinados, estaban dispuestos a partir. Casi todos lucían los colores morado y azul de Brackley, lo que daba mayor vistosidad a la columna; en cabeza iban los mejor equipados, y al final, apenas visibles, el risible refuerzo llegado en la noche anterior.

Sir Daniel contemplaba con orgullo a su pequeño ejército, y ya se disponía a montar a caballo, cuando exclamó

–Pero ¿qué es esto? ¡John!... ¡Joanna!... ¡Por la Santa Cruz, dónde se habrá metido! ¡Posadero!... ¿Qué ha pasado con la chica?

–¿Qué chica? ¡Yo no he visto ninguna!

–¡Idiota! ¿No te diste cuenta de que aquel muchacho, el de la capa oscura que sólo bebía agua, era una chica?... ¿Dónde está, gran imbécil?

El posadero no salía de su asombro:

–¡Por todos los santos del Paraíso! –decía–. Vos la llamabais master John, y nunca se me habría ocurrido... Pero se marchó. La he visto en la cuadra, hace más de una hora, cuando estaba ensillando un caballo gris.

–¡Por la Santa Cruz! ¡Esa muchacha vale para mí más de mil libras!

Entonces, el mensajero de Risingham le advirtió, con expresión adusta:

–Señor, mientras clamáis aquí por mil libras, en otro lugar se gana o se pierde el reino de Inglaterra.

–Tenéis razón –repuso sir Daniel–. ¡Selden! Coge seis arqueros y corre en busca de esa muchacha. Cuando regrese a Moat-House quiero verla allí: me responderás de ella con tu cabeza... Y ahora, ¡en marcha!

CAPÍTULO 2

Los pantanos y el paso del río Till

Serían las seis de aquella hermosa mañana de mayo, cuando Dick Shelton llegó a la región de los pantanos. El cielo estaba azul, la brisa era fresca, y con fuerza suficiente para mover las aspas de los molinos, y los sauces esparcidos por el marjal murmuraban suavemente. Aunque Dick llevaba horas a caballo, sentíase animoso y hasta alegre.

Había dejado atrás las sierras vecinas, y sólo quedaba a su vista la loma en donde se alzaba el molino de Kelley. Frente a él aparecían los bosques de Tunstall, y a sus lados se extendían los cañaverales poblados de sauces, con traidoras ciénagas, verdes como esmeraldas, que parecían tentar al viajero para perderle.

El camino se prolongaba, casi recto, a través de las charcas. Era muy antiguo, decíase del tiempo de los romanos; pero los siglos habían hundido la calzada en muchos trechos, ahora cubiertos por el agua estancada, haciéndolos muy peligrosos para quien no conociese bien aquellos parajes. Al llegar a uno de ellos, Richard pensó, con remordimiento y angustia, en aquel muchacho a quien había informado a la ligera, sin pensar en las consecuencias que pudiera acarrear.

En cuanto a él, le bastaba con echar una mirada hacia atrás, al molino que se destacaba sobre el cielo, y otra hacia adelante, a las elevaciones de la selva de Tunstall, para orientarse convenientemente y atravesar las aguas, que bañaban las rodillas de su caballo, como si fuese por camino seco.

Ya estaba cerca del lugar en donde podía abandonar las precauciones, cuando oyó a su derecha el ruido de unas aguas agitadas violentamente. Pronto vio un caballo gris, metido en el barro pantanoso hasta la cincha; el pobre animal, loco de terror y con los ojos inyectados en sangre, se puso a relinchar conmovedoramente, como pidiendo auxilio, pues cuanto más intentaba salir de la ciénaga más se hundía.

«¡Ay de mí! –se dijo Dick–. ¿Habrá muerto aquel pobre muchacho? Ése es su caballo, seguramente... Pero sólo puedo hacerte un favor, infeliz animal, y es no dejar que mueras de ese modo».

Mientras así lo pensaba, tendió su arco y disparó una flecha que fue a clavarse en la cabeza del pobre animal. Después de este acto de brutal piedad, continuó su camino, buscando cuidadosamente alguna huella de quien le había precedido por aquellos peligrosos lugares. De pronto oyó que alguien le llamaba; se volvió y pudo ver, emergiendo de un cañaveral, la cabeza del que intentaba salvar.

–¿Estáis ahí? –dijo, aliviado–. Las cañas os tapaban tan bien, que si no gritáis no os hubiera visto. No he tenido más remedio que matar a vuestra cabalgadura, que se estaba hundiendo en la ciénaga. ¡Ya podíais haberlo hecho vos!

–Lo peor, muchacho, es que no llevo armas. Y aunque las tuviera, tampoco sé cómo servirme de ellas.

Mientras hablaban, el viajero perdido había salido al camino. Entonces, entre enfadado y risueño, Richard le reprochó:

–¿Por qué me llamáis muchacho, o chico, como si fuerais mayor que yo?

–Perdonadme, master Shelton –le respondió él–: no era mi intención ofenderos. Al contrario, os imploro que seáis bueno conmigo y que os apiadéis de mí, porque me encuentro en la situación más lamentable de mi vida. Me he perdido, no tengo capa ni caballo...

Luego, mirando con lástima a sus ropas, añadió:

–Y, sobre todo, estoy lastimosamente manchado de barro...

–¿Tanta importancia le dais? –se rió Dick–. Sangre de herida, como polvo de camino, son auténticos adornos para el hombre.

–Entonces prefiero ir sin ellos... Pero, por Dios, mi buen master Shelton, ayudadme. ¿Qué me aconsejáis que haga? He de llegar necesariamente a Holywood, y si no, estoy perdido.

–Montad en mi caballo –respondió Richard–. Yo iré andando a vuestro lado, y cuando me canse nos cambiaremos. Así, vos cabalgando y yo corriendo, o al contrario, llegaremos más pronto.

De ese modo lo hicieron. Dick se apoyaba con una mano en la rodilla de su compañero, y así avanzaban lo más rápidamente posible por aquel camino lleno de trampas. Al poco rato le preguntó:

–¿Cuál es vuestro nombre?

–Podéis llamarme John Matcham.

–¿Y qué vais a hacer en Holywood?

–Buscar protección contra un hombre que me quiere tiranizar. El buen abad de Holywood es el sostén de todos los débiles.

–¿Cómo sucedió que os encontrara con sir Daniel?

–¡No creáis que fue por mi gusto! –respondió vivamente John–. Me sacó a la fuerza de mi casa, me obligó a vestir estas ropas, me montó a caballo, y se burló de mí hasta ponerme enfermo... Algunos amigos míos salieron en su persecución, pero cuando iban a alcanzarnos, me ponía a retaguardia para exponerme a sus tiros. De ese modo me hirieron con un dardo en el pie, y aunque puedo andar, cojeo un poco. ¡Pero ya ajustaré cuentas con él! ¡No tardará en pagar tanta villanía!

–¿No sabéis que eso sería como disparar contra la luna con una ballesta de juguete? –advirtió Dick–. Es un hombre duro, muy temible, y si supiera que os ayudé a escapar, lo pagaría caro.

–¡Pobre chico!... Sí: ya sé que sois su pupilo. Claro que ahora también lo soy yo, o por lo menos eso pretende. Ignoro si tiene derecho, pero ha comprado mi casamiento y de este modo piensa sacar provecho de mí.

–¿Por qué me habéis llamado «chico» otra vez? –se quejó Dick.

–¿Y cómo queréis que os llame? ¿Chica?

–¡No me nombréis siquiera a las mujeres! ¡Las chicas me horrorizan!

–Habláis como un niño. La verdad es que pensáis más en ellas de lo que creéis.

–No –insistió Dick–. Ni siquiera pasan por mi imaginación. ¡Peste de mujeres! A mí dadme cacerías, batallas y fiestas, y la alegre vida de los que viven en los bosques. Nunca oí contar nada útil de una doncella; sólo una vez, pero fue quemada por bruja y por vestir ropas de hombre, contra lo que manda la naturaleza.

Al oír esto, master Matcham se santiguó con fervor y pareció musitar una oración.

–¿Qué hacéis? –preguntó Dick.

–Rezo por su alma –contestó John, con voz trémula.

–¿Por el alma de una bruja?... Bien es verdad que la tal Juana de Arco era la moza más garrida de toda Europa. El viejo Appleyard tuvo que huir de ella como si fuera el demonio.

Siguieron avanzando, callados por un instante y cada uno con sus pensamientos, hasta que Matcham volvió sobre el tema, diciendo:

–Sin embargo de lo que decís, me pareció entender que ibais a casaros.

–¿Casarme yo? ¡Ésta es la primera noticia que tengo!... ¿Y puedo saber con quién?

–Con una tal Joanna Sedley –respondió Matcham, mientras sus mejillas enrojecían–. Creo que sir Daniel lo ha combinado así, para ganar dinero por ambas partes... Por cierto, que oí que la pobre doncella se quejaba amargamente de su destino. Será que no tiene ganas de casarse, o que le desagrada el novio que le han buscado.

–Sin embargo, tendrá que casarse, como todo el mundo. ¿Y por qué se queja, antes de conocerme, ni de haberme visto siquiera? ¡Como veis, todas las chicas son estúpidas!... ¿A que yo no me quejo? Si he de casarme, lo haré sin derramar una lágrima: el matrimonio es tan forzoso como la muerte, y hay que resignarse a ello. Pero, ya que conocéis a esa Joanna, decidme: ¿es guapa o fea? ¿Antipática o de trato agradable?

–¿Qué os importa? ¿No decís que, sea como sea, es forzoso casarse?

De pronto, una ráfaga de viento que venía del lado de Kettley, les llevó el sonido de las trompetas de sir Daniel.

–¡Escuchad! –advirtió Dick–. ¡Tocan a botasilla!

–Ya han descubierto mi huida –dijo Matcham, palideciendo–. ¡Estoy perdido!... ¡Dick, mi buen Dick, ayudadme, por favor!

–¿Acaso no lo estoy haciendo?... ¡Me da lástima ver a un muchacho tan acobardado!... Escuchadme bien, John Matcham, si ése es vuestro nombre: yo, Richard Shelton, me comprometo a llevaros sano y salvo a Holywood. ¡Vamos, tened valor, señorito Cara-pálida! Picad las espuelas y no os preocupéis por mí, que corro como un ciervo.

Mientras el caballo de Dick galopaba montado por el enigmático chico, Dick corría sin perder distancia, y, de este modo, los dos muchachos salieron pronto de la zona pantanosa. Al llegar a la orilla del río, se detuvieron ante la cabaña del barquero.

El río Till, ancho y perezoso, era allí una corriente de aguas fangosas, enturbiadas por los marjales. Pero en aquella mañana radiante y luminosa, contribuía a embellecerla el viento y los martinetes ondulaban la superficie, y sobre ella se reflejaban dispersos trozos de un cielo limpísimo. El camino desembocaba en una especie de ensenada, y junto a ella se alzaba la barraca del barquero. Dick abrió la puerta y lo encontró tendido en el suelo sobre un sucio capote, y tiritando de fiebre. Al ver a sus visitantes se incorporó:

–¡Buenos días, master Shelton! –dijo–. ¿Queréis que os pase en la barcaza?... Mejor sería que fueseis por el puente: los tiempos están muy revueltos por aquí, creedme.

–Quizá, pero llevo mucha prisa. Me exponga a lo que me exponga, he de pasar en seguida al otro lado.

–¡Como queráis! Pero quien llegue sin tropiezos a Moat-House, podrá considerarse hombre de suerte.

Ya iban hacia la puerta, cuando el barquero se dio cuenta de la presencia de John, al que miró detenidamente.

–¿Quién os acompaña? –preguntó, guiñando un ojo.

–Master Matcham, un pariente mío.

El barquero, viéndole enrojecer súbitamente, estalló en una risotada. Dick la cortó, sacudiéndole por un hombro:

–¡Ocúpate de tus asuntos –dijo altivamente–, y procura tener más educación!

–¿Pues qué hice? ¿No puede un gato mirar a un rey?

Una mirada de Dick le hizo callar, y pronto los muchachos, con el caballo, le acompañaron en la barcaza. Los sauces y las cañas, más espesos en la orilla, crujieron suavemente al ser rozados por la tosca plataforma. Una buena cantidad de islas y de islotes cerraban el horizonte.

–Master Shelton –dijo entonces el barquero–, creo que debo advertiros de que Juan el del pantano vigila el paso del río. No quiere muy bien, que digamos, a los de sir Daniel, y lo mejor sería que os desembarcase a un tiro de flecha del camino.

–¿Qué pasa con Juan? ¿También es de la partida?

–¡No habléis de eso! –respondió el hombre, como atemorizado.

Luego, volviendo a reír como antes, añadió:

–¿Qué pasaría si a master Matcham le alcanzase una flecha?

Esta vez, sin duda preocupado, Dick no le acalló, limitándose a decirle:

–Como quieras. Vayamos contra corriente, pero con más prisa.

–Entonces, haréis una cosa. Descolgad vuestra ballesta, poned una flecha, y miradme con aire ceñudo. Así creerán que os paso el río por miedo.

Sus temores eran fundados, porque en aquel momento surgió un grito de la isla más próxima, y Dick vio aparecer entre el cañaveral a un hombre de gran estatura. Pero la barcaza ya entraba en una espesura rodeada de sauces, dirigiéndose hacia el estrecho canal que casi deba a la orilla opuesta.

–Desembarcad aquí –dijo el barquero–. Ese sujeto espía la barca con la mano en el arco, y no quiero exponer a ese juguete que lleváis con vos, y que tan poco acostumbrado debe estar a guerras y a heridas.

A una señal de Dick, Matcham, pálido pero resuelto, saltó a la orilla. Su amigo intentó seguirle con el caballo, pero el animal, asustado, se encabritó, y la barcaza estuvo a punto de zozobrar.

–Me temo que no podremos desembarcar aquí –dijo, mientras seguía con sus intentos de calmar al caballo.

En aquel momento, el hombre que les vigilaba ya estaba cerca, y les gritó:

–¿Quién va?

–Es master Shelton –respondió el barquero.

–¡Quieto, Dick Shelton! –vociferó el hombrón–: ¡Os juro que no os haré daño alguno, pero permaneced quieto!

Richard le contestó con un insulto, y el otro, soltando una flecha, le dijo:

–Entonces, master Shelton, seguiréis vuestro camino a pie.

El dardo se clavó en el cuerpo del animal que, al desplomarse, puso otra vez en peligro la barcaza, que acabó por volcarse de lado. Todo sucedió tan rápido, que los dos hombres cayeron al río.

Cuando Dick pudo volver a la superficie, se encontraba cerca de la orilla, y vio que le tendían un palo, al que se agarró ciegamente. Sintió que alguien le arrastraba y en seguida llegó a tierra firme.

–¡Por la Santa Misa! –dijo a Matcham, que allí estaba–. Os debo la vida, porque confieso que no sé nadar... Pero vamos, alejémonos de aquí lo antes posible.

Y uniendo el gesto a la palabra, echó a correr todo lo que podían sus piernas, seguido de su compañero. Pero el infeliz muchachito, con su pie herido, apenas pudo dar una corta carrera; y no muy lejos de la orilla, tuvo que dejarse caer en el suelo.

–No puedo más, Dick –dijo, jadeando–. Déjame aquí.

–Nunca te dejaré. No puedo olvidar que te expusiste a ahogarte por salvar mi vida.

–Te equivocas –le respondió Matcham–. Sé nadar muy bien, y podía hacerlo sin peligro.

–¿Es posible? –se le escapó a Dick, mientras miraba al compañero con ojos asombrados.

La natación era el único de los ejercicios viriles para el que se sentía incapaz, y por eso admiraba mucho a los que sabían nadar.

–¡Yo que prometí cuidarte hasta Holywood –dijo–, y ahora resulta que eres tú quien me ha cuidado!... Pero sigamos, aunque sea apoyándote en mi hombro... No puede ser: no eres lo bastante alto. ¿Cuántos años tienes? ¿Doce?

–He cumplido dieciséis.

–Poco has crecido, entonces. Bien: dame la mano. Iremos despacio.

Comenzaron a trasponer la loma que tenían delante, ya en terreno firme y seco, y Dick siguió comentando:

–¡Qué mano tan pequeña tienes! Si yo la tuviera así, me avergonzaría. ¡Ahora me explico mejor que el barquero te tomase por una doncella!

–¡No sé por qué! –exclamó John, sonrojándose.

–No creas que te censuro. Para pícaro, puedes parecer un tanto extraño; para picarona, serías una moza muy bien parecida.

–¡Pero tú sabes bien que no lo soy! –respondió Matcham, otra vez ruborizado, pero decidido a cambiar de tema–. ¿No podíamos descansar un poco? Y si pudiera comer, lo que fuese... ¡Me muero de hambre!

–Entonces, siéntate y come; aquí llevo un poco de pan y tocino que cogí de la posada. Mientras, yo exploraré los alrededores.

Poco más lejos de aquel sitio corría un arroyuelo, y ya se alzaban los árboles corpulentos y frondosos; las hayas y los robles comenzaban a sustituir a los sauces y a los olmos. Todo parecía en paz, pero Dick avanzaba con precaución, deslizándose de un tronco a otro sin dejar de acechar en torno suyo mientras caminaba. De pronto, rápido como un destello, un gamo atravesó los matorrales. El muchacho pensó que aquella huida quizá tuviese algún significado, y decidió buscar un lugar seguro.

Pronto se encontró ante un alto roble, por cuyo tronco trepó con la ligereza de quien está habituado. Cuando llegó a la horquilla más elevada, se detuvo y se dejó balancear por el viento. Desde allí veía la llanura pantanosa que llegaba hasta Kettley, el río Till, ondulado entre islotes cubiertos de sauces y cañaverales y, frente a él, la línea blanca del camino que se adentraba en el bosque.

Nada se movía sino a impulsos del viento, ni había señal de presencia humana. Ya estaba a punto de descender cuando, al lanzar la última mirada, vio un cordón de puntos móviles que avanzaban por el pantano. Era, sin duda alguna, una pequeña tropa que caminaba a buena marcha. Ya inquieto, Dick descendió rápidamente, resbalando por el tronco del roble, y regresó, a través del bosque, en busca de su compañero.

CAPÍTULO 3

Los rebeldes del bosque

Encontró a Matcham ya descansado, y los dos muchachos reanudaron la marcha, adentrándose cada vez más en la selva de Tunstall. En algunos trechos, la arboleda era menos espesa y tenían que atravesar amplios claros cubiertos de césped y de musgo. Seguían ascendiendo por la montaña; se había levantado viento, y, a veces bajo su impulso, se curvaban suavemente los troncos jóvenes.

Estaban en uno de aquellos claros, cuando Dick, repentinamente se arrojó al suelo y comenzó a avanzar arrastrándose por el suelo, hasta ponerse al abrigo de un bosquecillo. Matcham, turbado y sin comprender, hizo lo mismo. Cuando ya estaban entre los árboles, preguntó con un gesto; Dick le respondió lo mismo, señalando algo con un dedo.

Al otro lado del claro se alzaba un abeto, mucho más alto que sus vecinos; el tronco, recto y sólido como una columna, se bifurcaba muy arriba; y en la horquilla que formaban las ramas, como un marinero subido en el mástil, se erguía un hombre vestido con un tabardo verde. El sol lucía sobre sus cabellos, y la cabeza, con la regularidad de una máquina, se volvía para avizorar en todas direcciones.

Los muchachos cambiaron sus miradas, y Dick susurró:

–Por poco nos metemos en la trampa. Probemos por la izquierda.

Así lo hicieron, y al poco tiempo de emprender la marcha llegaron a un pequeño valle en cuyo fondo se levantaban rodeadas de espeso matorral, las ruinas calcinadas de una mansión. En las cercanías abundaban los frutales, y el terreno conservaba huellas de cultivo, como si se tratase de un huerto abandonado.

–La verdad es que no sé dónde estamos –murmuró Dick–. Quizá sea esto Grimstone, la finca de Simón Malmesbury. Sir Daniel lo odiaba mortalmente, y creo que Bennet Hatch la incendió, hace ya unos cinco años. ¡Una verdadera lástima, porque debió ser un hermoso edificio!

–¡Escucha! –dijo Matcham de pronto, conteniéndole con la mano.

Un canto rústico, que parecía venir del otro lado de un trozo de pared todavía en pie, llegó a los oídos de los muchachos. La voz, ronca y desafinada, comenzó a cantar:

Alzóse el rey de los bandidos,
el que era su capitán.
–¿Qué hacéis aquí, mis valientes
por entre el verde matorral?...
Repuso altivo Gamelyn,
que al suelo no miró jamás:
–Forzoso es que ande por la selva,
si en la ciudad no puedo andar.

Hizo una pausa el cantor, y entonces se oyó como un entrechocar de hierros. Sin vacilar un segundo, con una expresión de asombro y curiosidad ante la emoción de la aventura, Matcham se lanzó en la dirección de la voz, y comenzó a trepar por los montones de escombros que llenaban el viejo recinto. Dick, que no tuvo tiempo para detenerle, le siguió y en seguida llegaron a lo alto del muro. Estaba perforado por una tronera, y a través de ella la mirada llegaba al otro lado.

Lo que vieron les heló de espanto. A unos pasos de su observatorio, y al borde de un foso, un caldero lleno de burbujeante mixtura estaba colocado sobre una crepitante hoguera. Junto a ella había un hombre robusto, de cara rojiza, vestido de harapos y con un cucharón en la mano. De su cinto colgaban un cuerno de caza y un puñal de enormes proporciones.

Algo debió oír, pues por un momento se mantuvo alerta, tenso el rostro como quien quiere atender mejor, pero pronto volvió a probar el guiso. Cerca de él, otro hombre dormitaba envuelto en pardo manto. El lugar en donde estaban aparecía repleto de margaritas silvestres, y una mariposa revoloteaba sobre ellas. Debajo de un matorral, también florido, se veía un cuarto de ciervo y un carcaj lleno de flechas.

El cocinero, sin duda estimando que la comida estaba casi a punto, volvió a probarla, sacudió la cabeza con evidente satisfacción, y removió con más brío mientras cantaba:

Señor, si al bosque hemos venido,
no fue pensando en hacer mal.
Mas si ante nos, de nuestro rey
un ciervo viéramos pasar,
lo más seguro es que una flecha
al ciervo real fuese a ensartar.

Cuando acabó la copla, dejó caer el cucharón y empuñó su cuerno, que hizo sonar por tres veces. El hombre que estaba durmiendo se despertó, preguntando:

–¿Ya está la comida, Lawless?

–¡Si llamas comida a esto, y recuerdas que no tenemos pan ni cerveza!... ¿Cuándo volverán los tiempos en que vivíamos en el bosque como reyes en su reino? Hasta el valor se ha perdido, y Juan el Justiciero no es más que un espantapájaros.

–Es que tú –repuso el otro– le tienes demasiada afición a la carne y a la bebida. Aguanta, y ya verás cómo vienen tiempos mejores.

–Mira: desde que era así de alto, estoy esperando esos tiempos. He sido franciscano, arquero real, marinero, y ya estuve otra vez en los bosques, comiendo venado del rey. ¿Y qué ha pasado...? ¡Pero aquí llega Juan!

Uno tras otro, varios hombres de sólida figura fueron apareciendo en el claro, y se acercaron al enorme caldero, sacando sus cuchillos y, provistos de escudillas, se sirvieron del guiso y comenzaron a comer en silencio. Unos iban vestidos simplemente con un viejo blusón, y no llevaban más armas que puñal y ballesta; otros llevaban el traje de paño verde que suelen adoptar los que viven fuera de la ley, y estaban fuertemente armados: flechas en el cinto, cuerno en el tahalí, y una espada y una daga en el costado.

Ya se habían reunido unos veinte, cuando desembocó en el claro un grupo de cinco o seis más, que llegaban entre risas y algazara, rodeando a unas parihuelas. Les precedía un hermoso hombre, alto y corpulento, de cabellos que empezaban a grisear sobre su rostro, curtido por el sol. Llevaba en la mano una especie de chuzo, y un arco colgaba de sus hombros.

–¡Compañeros! –gritó–. ¡La suerte vuelve a favorecernos! Para comenzar, aquí tenéis un tonel lleno de buena cerveza.

Aquella noticia fue recibida por todos con grandes y alegres exclamaciones. Cuando cesaron, el que sin duda era el jefe continuó diciendo:

–Pero eso no es todo. Una tropa de arqueros acaba de llegar al paso del río Till. Sus colores son azul y morado, y me parece que serán buen blanco para nuestras flechas... Amigos míos: aquí estamos cincuenta hombres resueltos que además han perdido sus tierras, sus amigos y su libertad. ¿Quién fue el causante de nuestros males? ¡Por la Santa Cruz, siempre fue sir Daniel! Supo arreglárselas para que la ley estuviera de su parte, y ganó todos los pleitos. Pero hay uno que nunca ganará. Llevo aquí, en mi cinturón un escrito que le perderá para siempre.

Se oyeron risas y murmullos de satisfacción, que el jefe acalló, continuando:

–Oídme: para llegar a Moat-House, tienen que atravesar el bosque. Ese camino ha de costarles más hombres que una batalla en campo abierto. Cuando sir Daniel pretenda escapar con un puñado de los que se hayan salvado; cuando sus poderosos amigos muertos o reducidos a la impotencia ya no puedan ayudarle, nosotros echaremos de su madriguera al viejo zorro, y le haremos pagar sus culpas. Es una buena pieza, así que habrá parte para todos.

Lawless, el cocinero, que ya había despachado más de una vez su jarro de cerveza, lo alzó como si fuese a brindar por el orador:

–Yo –dijo, sin embargo– he asistido a muchas comilonas como ésa: pero sé que el cocinarlas es tarea muy difícil. Y mientras llega la ocasión, ¿qué hacemos? Fabricar flechas negras, escribir versos y tragar agua fresca, esa bebida repugnante.

–No es verdad, Guillermo Lawless –replicó el jefe–. La gula es tu perdición, y no haces más que pensar en la despensa de los franciscanos. Pero ya le cogimos veinte libras al viejo Appleyerd; anoche, siete marcos al mensajero, y el otro día le sacamos cincuenta al mercader...

–Y hoy –añadió uno de los hombres– detuve a un rollizo perdonador de pecados que iba hacia Holywood. Aquí está su bolsa.

El jefe la cogió y contó las monedas que guardaba:

–¡Cien chelines! –rezongó–. Sin duda llevaba más en la sandalia, o cosidos en la esclavina. Eres un ingenuo, Tomás Cuckow.

Pero, a pesar de todo, se embolsó aquella miseria, afectando indiferencia.

Nuestros dos muchachos, guarecidos en su escondite, habían escuchado los discursos y presenciado las escenas, sin apenas respirar. Richard había descolgado su ballesta, y ya tenía en la mano una especie de arpón, que utilizaba para combar el arco, cuando una flecha silbó en el aire, por encima de su cabeza, y fue a clavarse en una viga cercana, todavía ennegrecida por el pasado incendio.

Sin duda aquella era una señal para los rebeldes, porque todos se levantaron y en pocos segundos estaban agrupados en torno a su jefe.

Él levantó la mano y les dijo:

–¡Compañeros! Ya conocéis vuestros puestos: ni un solo enemigo debe escapar. Recordad que Appleyard fue el primero, pero aún nos queda por vengar a tres hombres: Harry Shelton, Simon Malmesbury..., y Ellis Duckworth.

Y al pronunciar el último nombre, el jefe de los rebeldes golpeó con sus puños su amplio pecho.

Ya se disponían a partir, cuando un hombre llegó del bosque, corriendo y ya casi sin aliento.

–No es sir Daniel –pudo decir–. Y sólo van siete hombres... ¿Ya dispararon la flecha?

Ellis respondió:

–Ahora mismo.

–¡Peste maldita! Ya me pareció oírla. ¿Y para eso me quedé sin comer, de guardia lejos de aquí?

Poco más tarde, los hombres de la Flecha Negra habían desaparecido. Sólo el caldero, el cuarto de ciervo y la hoguera, que se iba extinguiendo, probaban que la partida de rebeldes había acampado en aquel claro.

CAPÍTULO 4

Los cazadores sanguinarios

Cuando se extinguió el ruido de sus pasos, los dos muchachos salieron de su escondite y se alejaron de las ruinas.

–Ahora –dijo Matcham–, supongo que podremos seguir tranquilamente hasta Holywood sin que nadie nos moleste.

–¿Ir a Holywood, cuando mis amigos van a ser atacados y muertos? ¿Quieres que abandone a aquellos con quienes siempre viví?

John estaba desconcertado, pero siguió insistiendo:

–Pero tú prometiste llevarme a Holywood... ¿Vas a ser perjuro?

–No puedo hacer otra cosa. Tú no corres grandes riesgos, pero ellos, mis compañeros, están en peligro de muerte. Ponte en mi lugar y compréndelo.

Matcham se detuvo, para dar así mayor firmeza a sus palabras:

–Richard Shelton –dijo–, veo que tomas partido por sir Daniel. ¿Es que no tienes oídos, o no has comprendido lo que contó ese Ellis Duckworth? ¿Tu corazón no se estremece con el recuerdo de tu padre cobardemente asesinado?

–¡Cualquiera hace caso de tales bergantes!

–¡Si no son sólo ellos! ¡Si lo que dijeron ya lo oí contar en otros sitios! Todos dicen que sir Daniel asesinó a Harry Shelton en Moat-House, en su propia casa, y faltando a un juramento. Hasta el cielo se impacienta en espera de verle vengado, y tú, el hijo de la víctima, sólo piensas en ayudar al asesino.

Richard parecía vacilar:

–Quizá tengas razón –dijo–. Pero, ¿qué puedo hacer?... Sir Daniel me ha mantenido y educado, y desde niño jugué y cacé con sus amigos. ¿Cómo quieres que les abandone, sabiéndoles en grave peligro? ¡Si cometiera esa iniquidad, me sentiría deshonrado para siempre! ¿Cómo puedes aconsejarme tan gran cobardía?

–¿Y tu padre, Dick? ¿Y la promesa que me has hecho?

–Mi padre me diría que volase en auxilio de esos hombres. Si es verdad que sir Daniel le asesinó, ya le vengaré en el momento oportuno y por mi mano. Pero ahora, ahí te quedas.

Diciendo estas palabras, Dick dio la vuelta y se alejó casi corriendo. Pero Matcham le siguió en seguida y le agarró del brazo, sujetándole con todas sus fuerzas. El joven Shelton tenía la sangre demasiado ardiente para tolerarlo y de un violento empellón echó a Matcham sobre la hierba. Aun desde el suelo, el muchachito le miraba con tan abierto desafío, que Dick, enfurecido, le apuntó con su ballesta mientras le gritaba:

–¡Si te acercas a mí, disparo!

–¡Qué valiente eres! –respondió Matcham, como un insulto–. ¡Anda, tira!

Dick, confuso, bajó el arma y sus palabras, aunque dichas con grave tono, eran serenas:

–Ya has conseguido que me retrase bastante, y no puedo perder más tiempo. No hagas que te obligue a dejarme.

–Eres más fuerte que yo, desde luego –le respondió Matcham mientras se levantaba–. Pero nada me impedirá que te siga.

–¡Estás loco! ¿No comprendes que voy en busca de tus enemigos, con intención de salvarlos?

–Me da igual. Si te han de matar, quiero morir al mismo tiempo que tú. Prefiero ir a la cárcel contigo, que vivir libre sin ti.

–Está bien; como quieras –asintió Richard–. No voy a perder más tiempo. Pero te prevengo de que, a la menor sospecha de que intentes traicionarme, te atravieso con una flecha.

Hecha esta advertencia, Dick continuó andando. Había observado una pequeña colina desde donde podría ver los alrededores, y hacia ella se encaminó. Pocos metros había avanzado, a través de los brezos, cuando Matcham le puso una mano sobre el brazo y señaló con un dedo algo que se movía.

A cierta distancia, y en dirección Este, avanzaban en fila india diez hombres vestidos de verde, a los que precedía la figura inconfundible de Ellis Duckworth, blandiendo su jabalina. Treparon hasta la parte superior de una pequeña colina y después de que sus siluetas se recortaran sobre el fondo azul del cielo, desaparecieron en el valle.

Dick y Matcham los siguieron hasta el ribazo. Una vez allí, tendidos sobre las matas silvestres, miraron hacia el valle que se extendía a sus pies: en el fondo serpenteaba un camino, descendiendo hacia el vado del Till, que los dos muchachos podían distinguir perfectamente. En ciertos trechos se perdía entre los árboles, para aparecer más allá, cruzando algún claro del bosque.

También, más lejos de allí, siete caballeros aparecían y desaparecían en cada revuelta, avanzando sin prisa, como ignorando el peligro que les acechaba. Eran Selden y los hombres que sir Daniel envió en persecución de Matcham.

Dick, acostado en su observatorio, pensó en voz alta:

–Si por lo menos llegaran a ese claro largo que hay debajo de nosotros, donde unos árboles forman como un islote en el centro, no correrían peligro alguno, porque yo podría avisarles de algún modo. Pero me temo que no. Por otra parte, sólo son siete, contra tantos hombres de la Flecha Negra, y además no llevan más que ballestas. ¿Qué pueden hacer contra los arcos de Ellis y sus gentes?

Mientras, los soldados seguían avanzando. Sin embargo, llegó un momento en que se detuvieron y agruparon, como para ponerse de acuerdo. Se debía, no a precaución alguna, sino porque habían oído el lejano retumbar de unos cañones, llevado por ráfagas de viento que procedían del Este. Y aquello significaba que la batalla se desplazaba hacia el Este, y que la jornada no era favorable para sir Daniel ni para los de Lancaster, los caballeros de la Rosa Roja[1].

Después de aquel breve alto en el camino, los soldados se pusieron en marcha de nuevo, acercándose ya a los lugares en que el camino atravesaba el bosque. Pasaban por un claro cuando, súbitamente, se oyó el zumbido característico de un flecha. Un soldado levantó los brazos, su caballo se encabritó al mismo tiempo, y los dos rodaron por el suelo.

Los demás hombres gritaron, y sus cabalgaduras relinchaban, asustadas. Uno de los caballeros quiso echar pie a tierra, pero en aquel momento zumbó una segunda flecha, y su vecino cayó al suelo, sin vida. El que se estaba apeando soltó las riendas, y su caballo emprendió la huida, arrastrándole de los pies sobre el camino, cuyas piedras le golpearon con tanta fuerza como las herraduras de la enloquecida bestia.

Los cuatro soldados que continuaban sobre sus sillas se dispersaron en seguida; uno de ellos volvió riendas, galopando hacia el vado, mientras los demás tomaron la dirección de Tunstall. Pero las flechas, implacables, fueron hiriendo, uno tras otro, a tres caballeros. Sólo uno de los siete continuaba con vida, pero tuvo que seguir a pie, porque su caballo resultó herido. Todo el desastre sucedió en pocos momentos, y sin que se viera a ninguno de los atacantes.

El hombre que aún seguía vivo quedó quieto, desconcertado, junto al animal caído; consiguió salir indemne del claro al que se

[1] Como es sabido, durante el reinado de Enrique VI de Inglaterra –época en que se desarrolla la acción de esta novela– sucedió la guerra llamada de las Dos Rosas. En ella disputaban el trono las Casas de Lancaster y la de York, cuyos emblemas eran, respectivamente, una rosa roja y una rosa blanca.

refirió Dick, y ahora estaba muy cerca de los dos muchachos, que no habían salido de su escondite entre retamas. Desde allí vieron cómo el soldado lanzaba a todas partes miradas de pavor, temiendo la llegada de otra flecha. Pero no sucedió así y, por último, recobrando valor, cogió su ballesta y la montó para poder usarla. Sólo entonces se dio cuenta Dick de que era Selden.

Aquella tímida y tardía muestra de resistencia despertó la risa en los hombres de Ellis Duckworth. Un dardo pasó rozando la cabeza de Selden, quien dio un salto atrás, y entonces otra le hirió en el talón. El infeliz corrió en busca de un sitio donde guarecerse, pero se lo impedía la lluvia de flechas que le perseguía, formando círculo a su alrededor. Los arqueros jugaban con su presa, como el gato se divierte con el ratón antes de devorarlo.

El desgraciado Selden debió comprenderlo así porque, echándose al hombro la ballesta, lanzó un disparo hacia los árboles que le rodeaban. Sin duda hizo blanco, porque se oyó un grito de dolor. Entonces, arrojando al suelo su arma, echó a correr desesperadamente claro arriba, casi en línea recta hacia donde estaba Dick. Las flechas seguían persiguiéndole, pero como avanzaba en zigzag para despistar a los tiradores, consiguió librarse de ellas durante un buen trecho.

Richard ya estaba dispuesto a disparar su arco para protegerle, y hasta Matcham, olvidando su propio interés, ponía su corazón de parte del fugitivo. Ya estaba Selden a cincuenta pasos de ellos, cuando le alcanzó una flecha. Cayó, aunque para levantarse en seguida y seguir corriendo; pero ahora lo hacía tropezando, como si estuviese ciego, y se desvió de la anterior dirección.

Dick se puso en pie de un salto, y le hizo señas, agitando su brazo mientras gritaba:

–¡Por aquí, compañero! ¡Por aquí!

Desgraciadamente, otra flecha hizo blanco en él, pasando entre las placas de su cota de malla, y le hirió de muerte.

–¡Pobre hombre! –exclamó Matcham, con las manos juntas por la emoción y la piedad.

Su compañero, petrificado, continuaba en pie sobre lo alto de la colina, ofreciendo a los arqueros un magnífico blanco.

Los de la Flecha Negra estaban furiosos todavía, por haber faltado poco para perder su presa anterior, y ahora por la aparición súbita de aquel muchacho que intentaba salvarle.

Ya se disponían a emprenderla con él, cuando la voz estentórea de Ellis Duckworth sonó muy cerca de donde estaban los dos muchachos:

–¡Alto! –rugía–. ¡No disparéis! ¡Cogedle vivo, que es el hijo de sir Harry Shelton!

Luego se oyó un agudo silbido, que el eco repitió: era la señal con la que Juan el Justiciero refrendaba sus órdenes.

–¡Estamos perdidos! –exclamó Dick–. ¡Pronto, John corramos! ¡Sígueme!

Y los dos escaparon a todo correr, retrocediendo y metiéndose entre los pinos que coronaban la colina.

CAPÍTULO 5

Cómo acabó la jornada

Para los dos muchachos había llegado la hora de correr con toda la fuerza que les permitieran sus piernas, si pretendían escapar de sus perseguidores. Saliendo de todas partes, los de la Flecha Negra corrían hacia la colina: unos ganaban terreno rápidamente, mientras otros intentaban cercar a los fugitivos.

Dick se metió en el primer bosquecillo que encontró en su carrera, de terreno firme y sin malezas, lo que facilitaba su huida. Siempre seguido por su compañero, descendió la rápida pendiente, protegiéndose de los rebeldes tras la pantalla que formaban los robles, allí muy tupidos de hojas. Más tarde dieron un quiebro a la izquierda, evitando así un gran claro y acercándose cada vez más al camino y al río que cruzaron horas antes. Mientras, completamente despistados, los de Duckworth se alejaban en dirección a Tunstall.

Cuando ya no podían más, los fugitivos se detuvieron para recobrar aliento. Por mucho que aguzaron el oído, incluso tendiéndose en el suelo, no les llegaba ruido alguno. Sin embargo, como medida de prudencia, Dick decidió que continuarían en seguida su carrera.

Lo hicieron con el mismo ímpetu que antes, a pesar de la fatiga y de la herida de Matcham. Minutos más tarde se habían adentrado en un frondoso seto de acebos. Cuando salieron de él se lanzaron aturdidamente a través de un espacio casi descubierto, y entonces oyeron lo que más temían.

–¡Alto ahí! –gritó una voz.

Quien lo ordenaba era un mozo fornido, vestido de verde, todavía jadeando por la reciente carrera. Cogió su arco y lo apuntó contra los dos muchachos. Matcham se detuvo, lanzando un grito. Pero Dick, sin vacilar un segundo, se echó sobre el forajido, con su puñal desenvainado. El hombre, desconcertado ante el brusco ataque, o porque había recibido la orden de no disparar, ni siquiera acertó a moverse. Dick, sin darle tiempo para que se recobrara, se lanzó contra él y le derribó de espaldas sobre el césped. En su caída, el rebelde perdió arco y flechas y Dick le hirió por dos veces. Cuando se levantó, su adversario estaba muerto.

–¡Adelante! –gritó el muchacho.

Los dos siguieron corriendo, aunque penosamente. A Matcham le daba vueltas la cabeza, y a Dick le pesaban las piernas como si fueran de plomo. Por fin llegaron a los linderos del bosque. Ante ellos, el camino que iba de Risingham a Shoreby transcurría entre dos muros de frondosos árboles.

Allí se detuvieron. Se oía un rumor confuso que parecía acercarse rápidamente, como una violenta ráfaga de viento. Pero Dick comprendió en seguida que se trataba de caballos lanzados al galope. En efecto, pronto pasó ante ellos, como un relámpago, una compañía entera de hombres armados, que desapareció en pocos segundos. Galopaban como desesperados y sin orden, y algunos debían ir heridos; más de un caballo corría sin su caballero.

Sin duda aquellos hombres habían huido apenas comenzada la gran batalla, desertando al amanecer. Pronto apareció, en persecución de éstos, un jinete solo, hombre de elevada condición a juzgar por su rica armadura, y varios furgones de bagajes, cuyos caballos corrían a medio galope, azuzados a latigazos por sus conductores...

Pero su cobardía fue inútil, pues no tardaron en ser alcanzados por el guerrero de armadura agujereada que les golpeó furiosamente con el puño de su espada; unos pudieron saltar de los carros y meterse en el bosque, pero otros fueron acuchillados en su asiento por el enardecido caballero, que no dejaba de maldecirles con una voz que no parecía salir de garganta humana.

Mientras, el fragor continuaba en aumento: gritos, rodar de carros, relinchos y galopar de caballos, formaban un terrible estruendo que el aire, cada vez más fuerte, llevaba en su dirección. Un ejército en derrota se volcaba sobre la carretera y se extendía como una inundación.

Dick estaba preocupado. En un principio pensó seguir aquel camino hasta el recodo que llevaba a Holywood, pero lo que estaba viendo le obligó a desistir de tal proyecto. Por otra parte, había reconocido en los soldados que huían los colores del conde de Risingham, y eso significaba que los de Lancaster estaban siendo aplastados por los de York. ¿Estaría también sir Daniel vencido y en fuga? ¿O había desertado a tiempo, pasándose al enemigo y pisoteando su honor una vez más?

Por fin, dando media vuelta, se adentró nuevamente en el bosque, seguido por Matcham, que ahora cojeaba ostensiblemente. Durante largo rato continuaron sin pronunciar palabra, sumidos los dos en tristes pensamientos. El sol llegaría muy pronto al ocaso, y ya los rayos del poniente doraban las copas de los árboles. Las sombras se hacían más espesas por momentos y el frío atardecer comenzaba a hacerse notar en sus agotados cuerpos.

–¡Si al menos tuviéramos algo que comer! –dijo Richard.

Y en seguida, viendo que Matcham se dejaba caer en el suelo, vencido y con lágrimas en los ojos, añadió, sin disimular su desprecio:

–Lloras por tu cena, pero cuando se trataba de salvar la vida de unos hombres, tenías el corazón duro como una piedra. Has cargado sobre tu conciencia la vida de siete hombres, John Matcham. Nunca te lo perdonaré.

–¿Y tú hablas de conciencia? –protestó el muchachito, en el colmo de la indignación–. ¡Tu puñal aún está enrojecido con la sangre de aquel pobre hombre!... ¿Por qué habías de matarle? Él no hubiese disparado; nos tenía a su merced y nos perdonó.

–¡Lo maté lealmente! –protestó Dick, después de recobrarse de la sorpresa de aquel ataque inesperado.

–¡Te portaste como un cobarde! No eres más que un bruto tiránico, Richard Shelton. Abusas de tu superioridad cuando la tienes, pero el día que tropieces con alguien más fuerte que tú, te revolcarás a sus pies... Además, no te preocupa vengarte: la sombra de tu padre grita en vano, pidiéndote justicia. En cambio, si cae en tus manos una criatura débil, sin vigor ni destreza, pero que quiere ayudarte, te ensañas con ella.

Dick estaba demasiado furioso para advertir aquel *ella,* que se prestaba al equívoco, y gritó:

–¡Vive Dios, master Matcham! Mereces una buena tunda por tu ingratitud, y vas a recibirla en seguida.

Y Dick comenzó a desabrocharse el cinto, mientras decía:

–Ésta será tu cena.

Matcham se puso blanco como una pared, pero no se movió, aunque Richard se le iba acercando, haciendo chasquear el cinturón. Por fin, el muchacho se detuvo, como desconcertado por los grandes ojos y la carita demacrada de su compañero.

–Confiesa que estás equivocado –dijo, casi sin voz.

–¡No confieso! ¡Tengo razón!... ¡Anda, pégame ya! Estoy cansado y cojo, y no me resistiré. Nunca te hice mal alguno, pero pégame... ¡Pégame, cobarde!

Furioso de nuevo, Dick levantó el cinturón. Matcham se estremeció y se encogió, mostrando tal espanto, que otra vez le faltó el coraje a Dick. Continuó un momento más como estaba, indeciso, con la correa en la mano y una actitud que tenía muy poco de airosa. Por último se decidió a hablar:

–No te pegaré, pero tampoco te perdono. Siendo enemigo de mi señor, te presté mi caballo y te di mi comida; y a pesar de eso, me culpas de bruto y de cobarde. Has colmado la medida... Parece que te han educado muy mal, aunque algo bueno quede en ti. No olvido que me salvaste de morir ahogado, y no soy tan ingrato como tú... Anda, levántate. Será mejor que nos marchemos ya, si queremos llegar a Holywood esta noche, o al menos en las primeras horas de mañana.

A medida que hablaba, Dick fue recobrando la serenidad. Pero Matcham no le había perdonado nada de lo sucedido en aquella escena, y le respondió secamente:

–Gracias, Richard Shelton. Prefiero encontrar el camino por mí mismo... Adiós.

Aquello acabó con las buenas disposiciones del joven Shelton, que estalló diciendo:

–¡Haz lo que quieras, y vete al diablo!

Los dos muchachos se apartaron uno del otro, tomando rumbos distintos y caprichosos, que nada tenían que ver con sus proyectos. Pero Dick no había andado diez pasos, cuando Matcham le alcanzó, serio todavía, pero con la mano tendida:

–No nos separemos tan fríamente –dijo–. Ésta es mi mano, y con ella va mi corazón. Te agradezco muy sinceramente todo lo que has hecho por mí. ¡Adiós, y que tengas mucha suerte!

Richard tomó la mano que le ofrecían, y respondió empleando el mismo tono que su compañero:

–¡Que tú la tengas también!... Pero en lo sucesivo, procura ser más dócil y no discutas tanto.

De nuevo se apartaron, dándose las espaldas. Y entonces fue Dick quien volvió en busca de Matcham.

–Toma mi ballesta –le dijo–. Será más prudente que la lleves tú.

–¿Tu ballesta? ¿Y para qué me serviría, si no sé manejarla?... No, muchacho: será mejor que sigas con ella. De todos modos, muchas gracias, otra vez.

La noche ya había cerrado, y casi no distinguían sus rostros, y menos la expresión de los ojos. Entonces, Richard decidió:

–Voy a seguir un momento contigo, hasta ponerte en el camino de Holywood. Temo que puedas perderte.

Sin decir más, comenzó a caminar, ahora seguido mansamente por John. Las tinieblas se espesaban rápidamente, y sólo en los lugares despejados les llegaba el tenue resplandor de las estrellas. Aún se oía a lo lejos el sordo rumor del ejército derrotado de Lancaster, pero cada paso les apartaba más de sus restos en huida. A la media hora de marcha silenciosa, llegaron a un prado tapizado de brezos.

Allí se detuvieron, buscando sus rostros a la débil luz del cielo.

–¿Estás cansado? –preguntó Dick.

–Tanto que sólo quisiera acostarme y dormir.

–Yo me muero de sed. Pero oigo cerca el correr de un arroyo. ¿Vamos hacia allí?

En efecto, al final de un suave declive, un riachuelo discurría entre sauces. Se tumbaron al borde de una especie de alberca, y bebieron hasta saciarse. Entonces, Matcham confesó:

–Dick. Ya no puedo dar un paso.

–Al venir –dijo él–, me pareció ver una hondonada donde podríamos dormir, o por lo menos descansar. ¿Vamos?

–Sí, Dick. ¡No sabes cuánto lo necesito!

El hoyo resultó arenoso y seco, y estaba protegido por zarzales que caían en un costado, a modo de techo. Los dos muchachos se tendieron en el fondo, apretado uno contra otro para darse calor. Ya ninguno se acordaba de que habían reñido.

Pronto se durmieron; por encima de ellos se extendía el altísimo techo del cielo del que colgaban millares de parpadeantes estrellas.

CAPÍTULO 6

El leproso

El piar de los pájaros más madrugadores les despertó cuando rompía el alba. Pero, rendidos por el hambre y el cansancio del día anterior, los dos muchachos aún continuaron tendidos un buen rato, entregándose a una deliciosa laxitud. En ese merecido abandono estaban, cuando les llegó el sonar de una campana.

–¿Campanas? –exclamó Dick, incorporándose–. ¿Es posible que estemos tan cerca de Holywood?

Volvió a escucharse el vibrante tañido, pero ahora más cerca que antes, y así continuó repicando varias veces, rompiendo el silencio del amanecer.

–¿Qué puede ser? –se preguntó Richard.

–Alguien que camina moviendo una campanilla –respondió Matcham.

–Ya me doy cuenta, pero no me lo explico. ¿Quién puede ir de ese modo, y a estas horas, por los bosques de Tunstall?... Quizá te burles de mí, pero esto no me gusta nada.

–Y a mí tampoco. ¡Es un repicar tan lúgubre!

Matcham estaba realmente asustado, y hasta se estremeció al añadir poco después:

–¡Se nos está acercando!

El hoyo donde durmieron estaba en una cresta, y desde allí podían ver un amplio espacio descubierto, ya junto a los linderos del bosque. Como una blanca cinta, un sendero cruzaba el prado, y Dick pensó que quizá se dirigía hacia Moat-House. Estaba cerciorándose de su dirección Este-Oeste, ya casi olvidado de la campanilla, cuando apareció en la senda una figura blanca, caminando lentamente. Luego se detuvo, pareció mirar a su alrededor, y continuó andando a través del brezal, encorvado de modo extraño hasta casi doblar la cintura.

Volvió a oírse la campana, a cada paso que daba, y los muchachos, ya espantados, vieron que la figura no parecía tener rostro: un amplio capuchón blanco lo cubría enteramente, sin siquiera unos orificios a la altura de los ojos. Para orientarse, aquel extraño fantasma tanteaba el suelo con su bastón. Nadie que lo viese dejaría de sentir terror.

–¡Es un leproso! –balbució Dick.

–¡Si nos toca, moriremos! –dijo Matcham, con voz enronquecida–. ¡Vámonos de aquí!

–No. Fíjate: está ciego, se guía sólo con su bastón. El aire nos favorece, y con estar quietos, ni se dará cuenta... ¡Pobre infeliz! Más que temerle, le debíamos compadecer.

–¡Ya le tendré lástima cuando se haya ido! –replicó Matcham.

El leproso ya estaba en mitad del prado. Antes de que la repugnante enfermedad le acometiera debió ser muy robusto, porque todavía caminaba con paso firme. Al verle a la luz del sol, que ya se alzaba, los muchachos se llenaron de horror; pero aún creció más su espanto cuando, al llegar frente al hoyo, el infeliz se detuvo y volvió la cabeza hacia donde estaban.

Dio unos pasos más, como indeciso, se detuvo de nuevo, y otra vez pareció mirarles. Hasta el valiente Dick tomó la blancura del papel, y cerró los ojos instintivamente, como si la mirada del leproso pudiera contagiarle. Al cabo de un instante, la campanilla volvió a sonar, y pronto el leproso desapareció en la espesura de los árboles.

–Juraría que nos ha visto –exclamó entonces Matcham–. ¡Ya no se oye la campana!

–¡Calla, tonto! ¿No ves que está ciego, y no hacía más que

escuchar?... Pero no te falta razón, y esto cada vez me gusta menos. ¡Vámonos ya!

–Mi buen Dick –insistió John–, no estaré tranquilo hasta vernos lejos. Pero ese hombre no sólo escuchaba: veía. Y sus intenciones no son buenas. Si él se fue hacia el Este, vayámonos nosotros por el Oeste.

–No seas tan miedoso, Matcham. Iremos en dirección Norte, que es por donde está Holywood.

Se pusieron en camino inmediatamente. No mucho más lejos, al salir de un pequeño collado, vieron otra vez al leproso, que parecía atajar el camino que seguían, pero su campana no sonaba, ni necesitaba tantear el suelo con su bastón: caminaba con paso tan rápido y seguro, que era imposible suponerle ciego. De súbito, desapareció en unos matorrales.

Los dos muchachos, al verle, se habían echado en tierra, en medio de un bosquecillo de hiniestas, otra vez paralizados por el terror.

–Tenías razón –dijo Dick, con voz ahogada–. Ese hombre nos persigue. ¿Te has dado cuenta de que cogía la campana por el badajo, para que no sonara?... ¡Que todos los santos nos ayuden, porque no tengo valor para enfrentarme con la lepra!

–¿Qué querrá de nosotros? –preguntó Matcham–. ¿Cuándo se ha visto que un leproso persiga a unos pobres inocentes como nosotros?... Volvamos al claro. Allí nuestra posición es más segura, y no podrá cogernos desprevenidos.

–No puedo. Las fuerzas me han abandonado. Que sea lo que Dios quiera.

–¿Ése es el valor de un hombre? –estalló Matcham–. ¡Vaya cosa, pues!... Supongo que, por lo menos, podrás montarme el arco.

–¿Para disparar contra un leproso?

En aquel momento llegó a ellos el sonido de una sola campanada, ya cerca de ellos. Dick, muy a pesar suyo, castañeteaba los dientes.

–¡Se le ha escapado el badajo! –dijo John–. ¡Y está aquí mismo!

En efecto, la blanca vestidura apareció tras de unas matas cercanas, y después surgió la cabeza del leproso. El corazón de los muchachos parecía salirse de sus pechos; pero más cuando, inesperadamente, el fantasma saltó hacia ellos, dando un grito.

Aun con todo su terror, echaron a correr como desesperados, cada uno en dirección distinta. El leproso persiguió a Matcham, y le costó bien poco alcanzar al pobre muchachito quien, al verse en sus brazos, lanzó un terrible alarido, se debatió unos instantes, y acabó desvaneciéndose.

Al oír el desgarrador grito de su compañero, Dick se detuvo y volvió la cabeza. Lo que vio fue suficiente para que renacieran sus fuerzas y recobrara su valentía. Lanzando exclamaciones de rabia, se dispuso a montar su ballesta. Pero antes de que apuntase, el leproso levantó la mano.

–¡No dispares, Dick! –gritó una voz conocida–. ¡Guarda tus flechas para otro! ¿No ves que soy un amigo?

Y la aparición, dejando a Matcham sobre la hierba, apartó la capucha de su rostro, dejando al descubierto las facciones de sir Daniel Brackley.

–¡Sir Daniel! –pudo balbucir Dick, saliendo de su asombro.

–¡Yo soy, por la Santa Misa! –respondió el caballero–. ¿Ibas a disparar sobre tu tutor, gran bribón?... Y en cuanto a ése...

Se interrumpió, mirando a Matcham; luego, señalándole, preguntó a Dick:

–¿Cómo le llamas?

–John Matcham, sir. Le conocéis, según tengo entendido.

El caballero rió entre dientes antes de contestar:

–¡Ya lo creo que le conozco!... Y no me extraña que se haya desmayado, porque no era para menos. ¿Y tú, Dick? ¿También has pasado mucho miedo?

–¡Cualquiera lo niega! Hubiera preferido encontrarme con el propio diablo... Pero decidme, sir: ¿qué significa ese disfraz?

En un segundo, el rostro risueño de sir Daniel enrojeció de rabia, y casi gritaba al explicar:

–¡No me recuerdes que he tenido que esconderme en mis propios bosques!... Llegamos a la batalla con el tiempo justo para que nos barriesen. Los tiros caían de todas partes, y en este momento ni sé dónde están mis soldados, si alguno queda. ¡Por la Santa Misa! Y menos mal que conseguí llegar a Shoreby sin grandes tropiezos. Allí, por miedo a los de la Flecha Negra, me procuré estas ropas y la campanita, y tomé el camino de Moat-House. Nada mejor para espantar a esos bandidos: sólo el tintineo de la campanilla, ya les hace correr y esconderse.

Sir Daniel volvió a sonreír, sin duda gozoso con el éxito de su disfraz, y siguió explicando:

–Cuando os encontré veía mal por culpa del maldito capuchón y no estaba seguro de que fueseis vosotros. ¡Me chocaba tanto veros juntos! Además, temí hacer algún movimiento torpe al cruzar el claro, y que alguien sospechase... Pero ya vuelve en sí el pobre Matcham. Un poco de este buen vino de Canarias le acabará de restaurar el ánimo.

El caballero sacó una botella de debajo de su túnica, y con el vino que contenía le frotó las sienes y humedeció sus labios.

Lentamente, el muchachito recobraba conciencia y acabó por abrir los ojos.

–¡Alégrate, John! –le dijo Dick–. No era un leproso, sino sir Daniel. ¡Míralo!

–Toma un trago de este elixir –añadió el caballero–, y verás cómo recobras tu virilidad... Voy a daros comida a los dos, y después emprenderemos el camino hacia Tunstall. Tengo prisa por verme seguro entre cuatro muros sólidos, lo confieso. Desde que monto a caballo, no recuerdo haber estado en un aprieto como éste: mi vida en peligro, expuesto a perder bienes y tierras, y encima esos vagabundos persiguiéndome como a un ciervo... Pero aún no me doy por perdido. Supongo que alguno de mis soldados conseguirá volver al castillo. Hatch tiene diez hombres con él, y Selden otros seis. Pronto volveremos a ser fuertes. Y si logro reconciliarme con el indigno y afortunado señor de York, ¡aún nos quedan muchos días de buena vida, querido Dick!

Mientras hablaba, el caballero se había servido vino en un cuerno, y se lo llevó a los labios, después de brindar con un gesto animoso y socarrón. En cuanto a Dick, no sabía cómo empezar a darle sus noticias.

–Selden... –balbució–. Creo que Selden...

Sir Daniel bajó el cuerno de vino, sin llegar a probarlo:

–¿Qué pasa con Selden? –apremió, ya con la voz alterada.

Dick contó la historia de la emboscada y la matanza sufrida por Selden y su patrulla. El caballero la escuchó sin decir una palabra, pero su rostro estaba convulso por la rabia.

–¡Juro por mi mano derecha que me vengaré! –dijo, cuando Dick terminó su relato–. Por cada uno de mis soldados, verteré la sangre de diez bandidos. Destruí a ese Duckworth como quien rompe una paja; le dejé más pobre que un mendigo, incendié su casa, y le eché de esta región, ¡y ahora vuelve para desafiarme!... ¡No, Duckworth! ¡Esta vez seré más inflexible!

Después de aquel arranque, el caballero quedó en silencio, meditando entre nerviosos gestos, y de pronto ordenó a los muchachos:

–¡Acabad pronto de comer, porque me voy en seguida! Pero antes, tú, Matcham, vas a jurar que me seguirás luego hasta Moat-House. ¿De acuerdo?

–Os lo juro por mi honor.

–¡Qué me importa a mí tu honor! ¡Júralo por tu madre!

Matcham lo hizo. Sir Daniel volvió a echarse el capuchón sobre el rostro, y se dispuso a partir, llevando bastón y campanilla, como antes. Aun sabiendo que se trataba de un disfraz, su figura impresionaba. Repitió a los muchachos que se apresuraran, y pronto se oyó el lúgubre tañido de su campana.

Cumpliendo lo prometido, Dick y Matcham comieron apresuradamente lo justo para saciar su hambre, y se pusieron en camino. Al cabo de dos horas de marcha pudieron ver, ya cercanos, los rojos muros y los pardos tejados de Moat-House, el castillo de Tunstall.

Se habían detenido a contemplarlos. Matcham puso su mano sobre el brazo de Dick, y le mostró su semblante grave y emocionado.

–Despidámonos aquí –dijo–, porque ya no volveremos a vernos.

–¿Cómo no hemos de vernos, si estaremos juntos en Moat-House? –se asombró Dick, que no acertaba a comprender.

–Por mi honor, querido Dick, te juro que no volverás a ver al pobre John Matcham, tan cobarde y tan molesto, aunque supo sacarte de las aguas del río.

Estaba realmente conmovido, y abrió sus brazos, estrechando entre ellos a un Dick tan emocionado como él. Luego, siempre en el mismo tono de gravedad, continuó:

–Estoy preocupado, y no presagio nada bueno. Vas a conocer a un sir Daniel distinto del que fue. Ya no le sonríe la fortuna, y temo que se porte muy duramente con nosotros. Es hombre valiente en las batallas, pero en sus ojos ya he visto la mentira y el miedo. Entramos en ese castillo como en la guarida de un lobo. Necesitaremos la ayuda del cielo para salir.

Siguieron descendiendo hasta la sombría mansión de los Brackley, flanqueada por redondas torres y rodeada por un foso cuyas aguas se cubrían de nenúfares. Líquenes y musgos manchaban las paredes, en cuyo pie azuleaban unas matas de lirios.

Tan pronto como aparecieron, abriéronse las puertas bajó el puente levadizo, y el propio sir Daniel, con Hatch y sir Olivier a su lado, acudió a recibirles.

LIBRO II

En Moat-House

CAPÍTULO PRIMERO

Dick hace preguntas

Moat-House estaba enclavada no lejos del camino que atravesaba la selva de Tunstall. Era un compacto rectángulo de ladrillos rojos, con una torre redonda en cada ángulo, todas almenadas y provistas de abundantes troneras. Ya en el interior, en el centro de las edificaciones se abría un estrecho patio. El foso que rodeaba enteramente a la mansión, de doce pies de ancho, sólo se atravesaba por medio de un puente levadizo.

Las aguas que lo alimentaban procedían de un estanque próximo, al que estaba unido por una profunda zanja, dominada en toda su extensión por las dos torres de la parte Sur. Con excepción de un par de altos y gruesos árboles, a un medio tiro de ballesta, el castillo estaba en buena situación para la defensa.

Cuando Dick llegó al patio interior, encontró a casi toda la guarnición ocupada en los preparativos para la defensa, y discutiendo tristemente las posibilidades de aguantar un sitio. Unos fabricaban flechas, y otros afilaban espadas que parecían no haber servido en mucho tiempo. Doce de los soldados de sir Daniel pudieron escapar de la derrota, atravesando los bosques hasta llegar a salvo al refugio del castillo. Pero tres de ellos fueron gravemente heridos; dos en Risingham, durante la gran batalla, y el otro por los hombres de Juan el Justiciero, mientras pasaban por la selva de Tunstall.

En total, incluyendo a sir Daniel, Hatch y el joven Shelton, la guarnición efectiva de Moat-House contaba con veintidós hombres. Todavía se esperaba que llegasen algunos más, de modo que no era de temer que faltasen soldados, en el caso de que se llegara a una situación comprometida.

En realidad, lo que más influía en sus ánimos, hasta el punto de llenarles de inquietud, eran las gentes de la Flecha Negra. Sus enemigos del partido de York les inquietaban menos, porque en aquella época los acontecimientos se sucedían muy rápidamente, casi siempre para cambiar las posiciones anteriores. Sus vecinos del bosque eran más de temer, pues sir Daniel les había oprimido sin la menor piedad y durante mucho tiempo.

Pero no sólo el caballero era objeto de sus odios. También sus gentes, sabiéndose impunes, se hicieron más que impopulares en toda la región, ejecutando con crueldad las órdenes que recibían. No había uno solo que no cargase su conciencia con alguna felonía.

Ahora, cuando la mudable fortuna de la guerra se había vuelto contra el caballero, sir Daniel se sabía impotente para proteger, como antes, a los que fueron instrumentos suyos. En aquella turbulenta época, bastaban unas horas de combate, en el que muchos ni siquiera intervenían, para convertirles en traidores al Estado, en forajidos perseguidos por la ley. Para colmo, se veían diezmados, encerrados en una aislada fortaleza, que ofrecía pocas garantías para la defensa y expuestos al justo resentimiento de sus víctimas.

El mismo Bennet Hatch, tan curtido en todos los azares, palidecía ante ciertos pensamientos. Cuando Dick le contó la suerte sufrida por Selden y los suyos, se dejó caer sobre un banco y lloró amargamente. Los demás hombres de armas que allí estaban le miraron con inquietud; pero ninguno se atrevió a preguntar los motivos de tanto desconsuelo.

–¿No se lo decía yo, master Shelton? –comentó Bennet, cuando pudo hablar–. Algo parecido nos sucederá a todos. Selden fue un valiente soldado, y nos queríamos como hermanos... Sí: nos matarán a todos. ¿Qué decían los versos de esos miserables?... «En cada negro corazón, una flecha negra». Y lo van cumpliendo: Appleyard, Selden, Smith y el viejo Humphrey, ya han perecido. Ahora, ya lo estás oyendo, es el pobre John Carter quien reclama los auxilios del cura...

Dick prestó atención, y oyó los gemidos que salían por una ventana próxima al banco en donde estaban.

–¿Está ahí? –preguntó.

–Sí: en la segunda habitación del portero. No pudimos llevarle más lejos, de tan mal que se encontraba; a cada paso que dábamos, parecía que se nos iba a morir. Pide que vaya el capellán, pero sir Olivier, no sé por qué, nunca llega. Larga será su confesión, sin duda; pero peor les fue a Appleyard y a Selden, que no hicieron ninguna.

Dick se asomó por la ventana y miró hacia el interior. La reducida celda era baja y oscura, pero pudo distinguir al desgraciado, tendido y gimiendo sobre un camastro.

–Carter, amigo mío –dijo–. ¿Cómo te encuentras?

–Master Shelton –respondió el hombre, con voz débil y llena de ansiedad–; en nombre del cielo, buscadme un sacerdote. Me siento sin fuerzas, sé que voy a morir, y nada más podéis hacer por mí; pero sí por mi pobre alma de pecador. Sed bueno y daos prisa, porque tengo un peso tremendo sobre mi conciencia.

En aquel momento, sir Daniel apareció en la puerta de la gran sala en donde los soldados estaban reunidos. Llevaba una carta en la mano, y se dirigió a todos, con su voz sonora y sus palabras siempre bien elegidas.

–Muchachos –dijo–, no se puede negar que nos han hecho morder el polvo. Pero debemos levantarnos en seguida, y disponernos a ensillar de nuevo. El viejo Henry VI ha llevado la peor parte, pero no me importa demasiado porque podemos prescindir de él... Tengo un buen amigo, lord Wensleydale, que goza de mucha influencia cerca del duque de York. Le he escrito esta carta, en la que ofrezco a su Señoría amplia satisfacción por todo lo pasado, y razonables seguridades en cuanto al porvenir. Espero que me escuchará con benevolencia. Como una súplica sin dádivas es como una canción sin música, le colmo de promesas: os aseguro que no he pecado de tacaño... Pero me falta algo esencial: un mensajero. Como sabéis, los bosques hormiguean de enemigos, de modo que ha de ser valiente y rápido; pero también con astucia y con prudencia. ¿Quién de vosotros está dispuesto a llevar esta carta a lord Wensleydale y traerme luego su respuesta?

Un hombre se levantó en seguida, pero el caballero lo rechazó, diciéndole:

–No, Dick Bower, tú no. No se puede negar que eres astuto, pero también muy lento.

–Entonces, yo, sir Daniel –dijo otro soldado.

–¡No lo quiera Dios! Rápido eres, pero te falta astucia. Seguro que te metías en el campamento de Juan el Justiciero.

Hatch se ofreció también, pero sir Daniel no lo aceptó, dándole estas buenas razones:

–Me haces demasiada falta, mi buen Bennet. Tú eres mi brazo derecho.

Por último, el mismo sir Daniel eligió a uno de sus hombres, y le entregó la carta, dándole sus instrucciones:

–No olvides –le dijo– que nuestra suerte depende de tu ligereza y de tu habilidad. Tráeme en seguida una buena respuesta, y en menos de tres semanas limpiaré los bosques de esos bergantes que se me quieren subir a las barbas... Pero óyelo bien Throgmorton: la tarea no es fácil. Saldrás del castillo ya cerrada la noche, y has de escabullirte como un zorro. En cuanto a la forma de cruzar el Till, no pienses en el puente ni en la barcaza del vado.

–Sé nadar, y me las arreglaré bien. No temáis, sir Daniel.

–Me gusta la solución, muchacho. Pero antes, pasa por la cocina y nada en cerveza.

Dichas estas palabras, que arrancaron risotadas y guiños complacidos en los presentes, el caballero se volvió a su estancia. Hatch comentó con Dick:

–¡Qué labia tiene nuestro señor! Mientras otro hubiera disfrazado la verdad, él no se muerde la lengua. Avisa del peligro y de las dificultades, y a continuación hace un chiste. ¡Por santa Bárbara, es un capitán como hay pocos! ¡Mirad cómo ha levantado el ánimo de la gente, y cómo se han puesto todos al trabajo!

Aquel elogio de las cualidades de sir Daniel hizo llegar a la mente de Dick una cuestión que le torturaba. De pronto, preguntó a Bennet:

–Dime, Hatch. ¿Cómo murió mi padre?

–No me pidáis que hable de eso –respondió gravemente el soldado–. Yo no tuve arte ni parte en aquello, y además debo guardar silencio. Un hombre puede hablar lo que quiera de las cosas propias, pero de habladurías y rumores, no. Preguntadle a sir Olivier... o a Carter, si queréis; pero no a mí.

Y Bennet se fue a cumplir con sus deberes de vigilancia, dejando al joven Shelton absorto en sus cavilaciones.

«¿Por qué se niega a contarme nada? –se dijo–. ¿Y por qué ha nombrado a Carter?... ¿Es que acaso Carter sí intervino?»...

Se adentró en la casa, y después de recorrer un pasillo abovedado, llegó a la celda donde yacía el moribundo. Al verle entrar, Carter se sobresaltó:

–¿No me traéis al capellán? –preguntó en seguida.

–Todavía no. Antes tienes que contarme algo. Dime, Carter: ¿cómo murió mi padre?

El rostro del herido se alteró extrañamente.

–No lo sé –respondió con tono brusco.

–Sí lo sabes. No trates de engañarme.

–Os repito que no sé nada –se obstinó el soldado.

–Entonces, me temo que vas a morir sin confesión. Ni me moveré de aquí ni dejaré entrar a cura alguno. ¿De qué te serviría la penitencia, si te niegas a reparar los males que has hecho?

–Master Dick, no sabéis lo que estáis diciendo –arguyó Carter con extraña. serenidad–. Tampoco está bien que amenacéis a un moribundo, y permitid que os diga que no lo esperaba de un caballero como vos. Por otra parte, es inútil, porque no diré nada. Quedaos aquí, si os place, pero cargáis con la responsabilidad de mi alma sin saber nada a cambio. Ésa es mi última palabra, master Dick Shelton.

Y diciendo esas palabras, el herido se volvió de espaldas.

Richard, que había hablado sin previa reflexión, se sintió avergonzado de su conducta. Sin embargo, hizo una última tentativa.

–Carter, no me has comprendido bien–le dijo–. Ya sé que fuiste sólo un instrumento, y que el vasallo ha de obedecer a su señor. Pero piensa que todos me dicen que debo vengar a mi padre, y no sé cómo. Sé bueno, olvida mis amenazas, y ayúdame, te lo ruego.

A pesar del cambio de tono, el herido permaneció silencioso, y los esfuerzos de Dick fueron en vano: no pudo arrancarle una palabra sobre lo que tanto le interesaba.

–Está bien –dijo por último–. Voy a buscar al capellán. Si algo hiciste contra mí o contra los míos, que no se diga que yo he cometido la misma falta con otro, y menos con un moribundo.

El herido ni siquiera respondió, y hasta había cesado de gemir. Dick se apartó de su lado admirando su firmeza, aunque preguntándose:

«¿De qué le sirve su valor? Si fuese inocente, habría hablado. Su silencio reveló el secreto con más claridad que cualquier explicación... Las pruebas se van juntando, y vienen de todas partes. Sir Daniel o sus hombres se mancharon con aquel crimen».

El joven Shelton tenía el corazón oprimido, y no sólo por aquellas consideraciones. Al salir de la celda de Carter tuvo que detenerse en el pasillo abovedado, repitiéndose una vez más sus reproches. En aquellos momentos en que sir Daniel acababa de sufrir un grave revés, cuando los hombres de la Flecha Negra le acosaban y era un proscrito para los yorkistas victoriosos, ¿era justo rebelarse contra él? Aquel hombre le había alimentado, educado y protegido. Si había de combatirle, ¿no sería con la muerte en el alma?... Por eso no cesaba de rogar: «Quiera el cielo que sea inocente».

En esas reflexiones estaba, cuando sonaron unos pasos sobre las losas del pasillo, y sir Olivier, con aire preocupado, avanzó hacia donde estaba el muchacho.

–Os esperan con impaciencia –dijo Richard.

–Es el pobre Carter, ¿verdad? –respondió el sacerdote–. Por desgracia, no tiene remedio.

–Y su alma está mucho peor que su cuerpo.

–¿Le has visto? –preguntó sir Olivier, con visible sobresalto en la voz y en el gesto.

–Acabo de hablar con él.

–¿Y qué te ha dicho?... Dime: ¿qué te ha dicho? –insistió el capellán, con una vivacidad extraña en él.

–No hace más que reclamar vuestra presencia. No le hagáis esperar, porque está muy mal.

–Voy en seguida... –dijo sir Olivier, pero sin moverse todavía–. Todos somos pecadores, Richard, y por desgracia a todos nos llegará el último día.

–Sí, pero es mejor llegar a esos momentos con la conciencia limpia.

El sacerdote bajó los ojos y, balbuciendo una bendición ininteligible, se alejó a buen paso.

«¡También él! –pensó Dick–. ¡Él, que me enseñó a ser piadoso!... ¿Qué mundo es éste donde los que se cuidaron de mí están manchados con la sangre de mi padre? ¡Qué triste suerte me espera, si he de vengarme de mis amigos!».

Entonces se acordó de Matcham, preguntándose una vez más qué podía haber sucedido con su extraño compañero de aventuras. Apenas traspusieron las puertas del castillo, dejó de verle. Y ahora, más que nunca, Dick sentía urgente necesidad de cambiar impresiones con él.

Una hora más tarde, después de que el capellán dijera su misa, quizá con excesivas prisas el complejo mundo que habitaba en Moat-House se reunió para comer. Lo hacían en una larga y baja estancia, cuyas paredes se cubrían con tapices de Arras representando escenas de caza. Aquí y allá colgaban lanzas, arcos y escudos, y ardía un buen fuego en la gran chimenea. En torno a las paredes se distribuían los bancos tapizados, y en el centro campeaba la amplia mesa, siempre bien provista. Todos se acomodaban, esperando la llegada de los señores, pero tuvieron que empezar sin ellos.

Extrañamente, no aparecieron sir Daniel ni su esposa; tampoco lo hizo sir Olivier, ni Bennet Hatch. Dick inquirió con discreción, pero nadie sabía nada de Matcham. El muchacho, recordando los sombríos pensamientos de su amigo, comenzó a preocuparse seriamente. Otra vez se preguntó si le habría sucedido alguna desgracia.

Terminada la comida, se acercó a Goody, la esposa de Hatch, que atendía al servicio de lady Brackley.

–Goody –le preguntó–. ¿Sabes dónde está master Matcham?... Cuando llegamos, vi que se iba contigo.

La vieja se echó a reír:

–¡Ay, master Shelton! –dijo–. ¡Cualquiera diría que tenéis tan buenos ojos!

–Pero, ¿dónde está?

–Sólo puedo deciros que no volveréis a verle nunca. Tenedlo por seguro.

–Aunque fuera así, necesito conocer las razones –insistió el atribulado Dick–. No vino aquí por su gusto, le prometí cuidarle, y lo haré. En esta casa hay demasiados misterios, y ya comienza a cansarme este juego.

Mientras Richard decía aquellas firmes palabras, sintió que una pesada mano caía sobre su hombro. Era Bennet Hatch, que se había acercado sin que él se diera cuenta, y que luego hizo una seña a su mujer, indicándole que se alejara.

Una vez solos, dijo:

–Querido Dick, ¿os habéis vuelto loco? Si no dejáis en paz ciertas cuestiones, más os valdría estar en el fondo del océano que en Moat-House... Me habéis preguntado a mí, luego atormentáis al pobre Carter, y habéis espantado a nuestro curita con vuestras alusiones. Os aconsejo que seáis más prudente de ahora en adelante. Y cuando sir Daniel os llame, en nombre de esa prudencia que os aconsejo, convendría que os mostrarais tranquilo y que pensarais bien vuestras palabras.

–Bennet –le respondió Richard–, todo lo que está ocurriendo me huele a conciencias poco limpias.

–Y si no sois más prudente, pronto oleréis a sangre –respondió Hatch firmemente–. No diréis que no os advertí a tiempo... Pero ya vienen a buscaros.

En efecto, un criado atravesaba la estancia para rogar a Dick Shelton que se presentase ante sir Daniel.

CAPÍTULO 2

Los dos juramentos

Sir Daniel estaba en el salón principal del castillo, paseando de un extremo a otro, nervioso y alimentando su cólera; se hallaba sir Daniel esperando que compareciera ante él Dick Shelton. En la estancia no había nadie más sino sir Olivier, que permanecía sentado discretamente de espaldas, hojeando su breviario y musitando oraciones.

–¿Me habéis hecho llamar, sir Daniel? –preguntó Richard al llegar a la puerta.

–Sí, te he llamado... ¿Sabes lo que me cuentan de ti? ¿Tan mal te he tratado para que hagas caso de habladurías y vayas difamándome en mi propia casa? ¿O acaso ves que la fortuna me vuelve la espalda y buscas pretextos para abandonarme?... ¡Por la Santa Misa! Tu padre no era así; él se mantenía fiel a sus amigos, contra viento y marea. Mientras que tú vas resultando amigo en los días buenos, y cuando amenaza borrasca buscas escabullir el bulto.

–¡Eso no es cierto, sir Daniel! –replicó Richard, con vez firme–. Ni soy ingrato, ni falto a la fidelidad debida. Y antes de seguir hablando, quiero daros las gracias, a vos y a sir Olivier. Os debo mucho, y sería peor que un perro si lo olvidase.

–Eso está bien dicho –respondió sir Daniel.

Pero en seguida, en vez de serenarse se encolerizó súbitamente y levantó la voz para decir:

–La fidelidad y la gratitud son algo más que palabras, Dick Shelton. Y yo miro los hechos. En estos momentos de peligro, en que mi nombre es arrastrado por los suelos, mis tierras confiscadas y mis bosques infestados de rebeldes que quieren perderme, ¿de qué me sirve una lealtad como la tuya? No me quedan más bienes que los restos de mi compañía... ¿Es gratitud y fidelidad envenenar sus almas con murmuraciones insidiosas? ¡Dios me libre de semejantes buenos sentimientos!... Pero, veamos; ¿qué deseas saber? Habla, que yo te lo explicaré.

–Señor –dijo Richard, sin perder su aire digno–: Mi padre murió cuando yo era sólo un niño. He oído decir que fue vilmente asesinado, y no falta quien cuente que vos tomasteis parte en aquel crimen. Os confieso que no estaré tranquilo, ni me sentiré dichoso sirviéndoos, hasta que mis dudas se hayan disipado.

Sir Daniel tomó asiento en un bajo escaño, apoyó su barbilla en una mano, y miró fijamente al joven Shelton. Después de unos momentos, le preguntó:

–¿Y piensas que yo podría ser tutor del hijo de mi víctima?

–Sin duda que no. Pero debéis permitirme que me exprese con alguna crudeza. Nadie ignora que una tutoría es fuente de provechos. Durante todos estos años, ¿no habéis cobrado mis rentas y dispuesto de mis gentes? Mi propio matrimonio, ¿no os proporcionará ricos beneficios?... Perdonadme de nuevo, y permitid que añada esto. Si habéis sido tan vil como para asesinar a un hombre que estaba bajo vuestro amparo, ¿no lo seríais también para cometer otros crímenes?

–Cuando yo era un muchacho de tu edad –replicó severamente sir Daniel–, no me dejaba llevar tan fácilmente de sospechas... Además, ¿cómo sir Olivier, siendo sacerdote, podía tomar parte en tantas vilezas?

–No, sir Daniel. Pero el perro va adonde su amo le ordena, y todos saben que nuestro capellán es un juguete en vuestras manos... Os hablo con tanta franqueza, porque los momentos no son para respetos y cortesías. Lo mismo que hablo yo, quisiera que me respondierais. Pero hasta ahora, no habéis hecho más que interrogarme. Y os prevengo de que con ello sólo agraváis mis dudas.

–Master Richard –dijo entonces el caballero–, voy a responderos con toda franqueza. Y seré justo, a pesar de mi derecho a sentirme indignado. Si alguna vez me hablas como ahora lo has hecho, cuando ya seas un hombre y yo haya dejado de ser tutor tuyo, te responderé como mereces: poniendo mi mano en tu rostro. Pero hoy te permito elegir entre dos soluciones: o me pides excusas y te pones a mis órdenes, o sales de mi casa para siempre.

Dick pareció muy impresionado por aquel discurso, y parecía vacilar. Pero recordó que sus preguntas seguían sin respuesta, y recobró la anterior firmeza.

–No pido nada mejor –dijo–, que continuar a vuestro lado. Pero antes, sir David, tenéis que afirmarme que sois ajeno a la muerte de mi padre.

–¿Aceptarías mi palabra de honor?

–La aceptaría.

–Entonces, óyeme. Por mi honor y por mi salvación eterna; tan cierto como que un día he de responder de mis actos, te juro que no intervine en la muerte de tu padre.

El caballero tendió su mano, y Dick la estrechó con sincera efusión. Ninguno de los dos había visto cómo el sacerdote, al oír aquel solemne juramento que sabía era falso, se incorporaba en su asiento, horrorizado.

–¡Ahora es cuando más debéis perdonarme! –exclamó Dick–. Me he portado indignamente, pero os aseguro que ya no volveré a sospechar de vos.

–Te perdono, Dick. Después de todo, no conoces el mundo ni sabes el peligro que encierra el prestar oído a la calumnia.

–Aún es mayor mi culpa –siguió diciendo el muchacho–, porque los miserables que la difundían no os acusaban directamente, sino a través de sir Olivier...

Al decir esto se volvió hacia el grueso capellán, y vio cómo se dejaba caer de rodillas en el suelo, perdido el color, sin fuerzas y balbuciendo unas plegarias. Luego, dándose cuenta de que Dick le miraba, lanzó un grito salvaje y ocultó el rostro entre sus manos. Sir Daniel, en dos zancadas, llegó hasta él y le sacudió violentamente por los hombros. Aquella escena volvió a despertar las sospechas del joven Shelton.

–También sir Olivier debía jurar –dijo, sin poderse contener–, puesto que se le acusa tan directamente.

–Jurará –afirmó el caballero.

Mudo de espanto, el capellán agitó sus brazos, protestando.

–¡Por la Santa Misa, que vais a jurarlo! –gritó entonces sir Daniel, ya fuera de sí.

Y recogiendo del suelo el libro de oraciones de sir Olivier, se lo presentó, diciendo:

–¡Vais a jurar sobre vuestro breviario!... ¡Vamos, os digo que juréis!... ¡Jurad!

Pero el sacerdote todavía era incapaz de pronunciar palabra, oprimida su garganta por el terror que le inspiraban sir Daniel el perjurio a que le empujaba.

En aquel momento, una flecha rompió estrepitosamente los cristales de un ventanal, y fue a clavarse en medio de la gran mesa del salón.

Sir Olivier, lanzando un tremendo grito, cayó desvanecido. El caballero, seguido por Dick, se lanzó al patio; desde allí, subiendo los peldaños de cuatro en cuatro, llegó hasta las almenas. Los centinelas estaban alerta y en sus puestos, y el sol iluminaba un bosque y unos prados apacibles. Por ninguna parte se veían huellas de asaltantes.

–¿De dónde salió la flecha? –preguntó sir Daniel a un soldado.

–De aquel bosquecillo –le respondió, señalando a un cercano grupo de árboles.

El caballero reflexionó unos momentos, y después se dirigió al joven Shelton:

–Quédate aquí –le ordenó–, y no dejes de vigilar a estos hombres. En cuanto al capellán, ya verás como jura: yo sabré persuadirle. Casi empiezo a compartir tus sospechas, y si no jura le acusaremos del crimen.

Dick apenas respondió, y lo hizo fríamente. El caballero le lanzó una penetrante mirada, y después se apresuró a volver al gran salón, donde examinó la flecha. Era la primera que la veía de aquella clase, y su color negro llegó a inspirarle cierto miedo. Pero más se impresionó al descifrar una palabra que llevaba escrita: «ENTERRADO».

«¡Ya saben que he vuelto –se dijo–, y creen que me tienen enterrado aquí! ¡Pero les desafío a que me hagan salir de mi guarida!».

Sir Olivier, ya repuesto, se esforzaba por poner en pie su pesado cuerpo. Cuando lo consiguió, comenzó a reprochar al caballero:

–¡Ay, sir Daniel, qué espantoso juramento habéis hecho!... ¡Estáis condenado hasta el fin de los tiempos!

–Sí, cabeza de chorlito he pronunciado un grave juramento. Y vos prestaréis otro, más terrible todavía, porque juraréis por la bendita Cruz de Holywood... Pensad en ello en seguida, id preparando vuestras palabras, porque habréis de hacerlo antes de que pase esta noche.

–¡Que el cielo os ilumine! –respondió el aterrado sacerdote–. ¡Que el cielo consiga disuadiros de tal iniquidad!

–Escuchadme, padre capellán. Si queréis meteros por la senda de la piedad, no lo impediré, aunque me parece un poco tarde. Pero si queréis portaros de un modo más razonable, haréis bien escuchándome atentamente... Ese muchacho comienza a fastidiarme, pero todavía lo necesito porque quiero vender bien su matrimonio. Con todo, si continúa importunándome, irá a reunirse con su padre. Voy a ordenarle que se traslade a la cámara que está sobre la capilla. Si allí le tranquilizáis con un sereno y buen juramento, y conseguís convencerle de vuestra inocencia, no pasará nada y le perdonaré la vida. Pero si comenzáis con balbuceos y palideces, o vaciláis lo más mínimo, él no os creerá. Y entonces, os juro por la Santa Misa que morirá. ¡Reflexionad!

–¡La cámara sobre la capilla! –(Estas palabras parecían salir ahogadas de la garganta de sir Olivier).

–Ésa, precisamente –le confirmó fríamente el caballero–. Por lo tanto, si queréis salvarle, jurad. De lo contrario, dejadme que obre como mejor me parezca... Si yo fuera menos tolerante, ya hace tiempo que os hubiese atravesado con mi espada, como castigo por vuestra cobardía y vuestras torpezas... ¿Habéis elegido ya?... ¡Contestad!

–Ya he decidido. Que el cielo me perdone, pero voy a cometer una mala acción para conseguir un fin bueno. Juraré para salvar la vida de ese muchacho.

–¡Perfectamente!... Decidle que venga ahora mismo, pero le hablaréis a solas. Yo os vigilaré a los dos desde la cámara de los tapices.

Sir Daniel levantó uno de los tapices que decoraban el salón y lo dejó caer tras él. Se oyó el seco chasquido de un resorte, y en seguida el ruido de unos pasos subiendo una escalera cuyos peldaños crujían.

Cuando quedó solo, sir Olivier lanzó una mirada temerosa a lo alto del tapiz, y se persignó.

«¡Si le llevan a la cámara sobre la capilla –murmuró para sí–, debo salvarle, aunque sea a costa de mi alma!».

Minutos después, prevenido por un criado, Dick entró en la sala y encontró al capellán en pie junto a la mesa, pálido todavía, pero resuelto.

–Richard Shelton –dijo, sin más preámbulo–: me has pedido que preste juramento. Podía negarme, pero el recuerdo de los tiempos pasados enternece mi corazón, y voy a darte satisfacción cumplida... Por la Santa Cruz de Holywood, juro que no maté a tu padre.

–Sir Olivier –contestó Dick–, cuando leí la acusación de Juan el Justiciero, ya estaba convencido de vuestra inocencia. Vos no le matasteis: concedido. Sin embargo, permitidme que os haga una pregunta. ¿No tomasteis parte alguna en la muerte de mi padre?

–Ninguna –fue la rotunda respuesta de sir Olivier.

Pero al mismo tiempo, y sin cambiar de posición ni hacer ademán alguno, comenzó a hacer gestos y señas con los labios y los ojos, como quien quiere advertir de algo pero no se atreve a hacerlo con palabras.

Dick lo contemplaba con estupor. Después observó en torno suyo, mirando atentamente el vacío salón.

–¿Qué os sucede? –preguntó al capellán, que seguía sin moverse.

–¿A mí?... Nada..., que sufro, que estoy enfermo... Yo... Perdóname, Dick, por favor, pero tengo que retirarme. Te juro otra vez, por la Santa Cruz de Holywood, que soy inocente de toda traición y toda violencia. ¿Estás satisfecho, hijo mío?... Adiós.

Dicho aquel discurso incoherente, el sacerdote abandonó la estancia con una vivacidad desacostumbrada en él.

Dick, inmóvil, recorrió nuevamente con la mirada lo que había en su derredor. Tan pronto se sentía divertido como asombrado o lleno de dudas. Por último, éstas fueron desapareciendo de su ánimo y llegó a una conclusión segura. Levantó entonces la cabeza, para seguir observando y, de pronto se estremeció.

En uno de los tapices que cubría los muros, en su parte superior, figuraba un cazador africano; con una mano se llevaba un cuerno a los labios y con la otra sostenía una gran lanza. En el negro rostro del cazador, Dick acababa de sorprender el pestañeo de un párpado blanco. Fijó su atención otra vez, ya más advertido y vio cómo la luz del poniente se reflejaba en aquel preciso lugar, lanzando reflejos como sobre una piedra preciosa. ¡Se trataba, pues, de un ojo vivo!... El blanco párpado se movió nuevamente, y luego desapareció.

Dick comprendió en seguida todo el horror de la situación en que estaba. Recordó las advertencias de Bennet Hatch y los mudos gestos del capellán. Ahora se añadía la vigilancia de aquel ojo... Se dio cuenta de que le habían puesto a prueba y de que, una vez más, había dejado transparentar sus sospechas. A partir de aquel momento, si no mediaba un milagro, podía darse por perdido.

«¡Si no consigo escaparme del castillo –se dijo–, soy hombre muerto!... ¿Y el pobre Matcham? ¡En qué avispero le he metido!».

Aún estaba hundido en sus pensamientos, cuando un sirviente le transmitió el mensaje que menos podía esperar: tenía que trasladarse, con sus armas, sus ropas y los pocos libros que poseía a una cámara distinta de la que ocupaba.

–¿Otra cámara? –repitió el muchacho–. ¿Por qué? ¿Y qué cámara?

–La que está sobre la capilla –respondió el servidor.

–¡Pero si hace mucho tiempo que nadie la ocupa!... ¿Está bien dispuesta?

–Es una hermosa estancia, master Dick –respondió el criado.

Y luego, bajando la voz, añadió:

–Sólo que tiene duendes. Cuentan que está embrujada.

–¿Embrujada? –exclamó Dick, estremeciéndose– Nunca lo oí decir. ¿Y quién la embrujó?

El buen hombre miró en torno suyo; y respondió con voz misteriosa:

–El sacristán de Saint John... Una noche le hicieron acostar allí, y por la mañana, ¡puf!: había desaparecido. Dicen que se lo llevó el demonio. Lo único cierto es que la víspera, estuvo bebiendo mucho y hasta muy tarde.

Lleno de sombríos pensamientos, Richard Shelton siguió al criado.

CAPÍTULO 3

La cámara sobre la capilla

En el resto del día, nada nuevo se observó desde las almenas. El sol se perdió en el horizonte sin que los ávidos ojos de los centinelas vieran nada sospechoso. Sin embargo, no podían olvidar el aviso de la flecha negra.

Llegada la noche, llevaron a Throgmorton a una habitación que daba al foso; desde allí, tomando infinitas precauciones, el mensajero fue descolgado por la ventana. Sólo un leve chapoteo turbó por unos instantes el silencio nocturno. Más tarde se vio cómo una oscura silueta se deslizaba hasta un sauce, ya en la otra orilla del foso, y luego se arrastraba entre las hierbas del claro.

Sir Daniel y Bennet Hatch continuaron alerta un buen rato..., pero todo continuó en calma: el valiente soldado consiguió salir sin ser notado, adentrándose, poco después, en el bosque.

El caballero, que parecía aliviado de sus temores, se dirigió a su fiel Hatch para decirle:

–Como ves, ese Juan el Justiciero es un simple mortal, y también duerme. Creo que saldremos victoriosos de este empeño.

Durante toda la tarde habían mantenido a Dick ocupado en pequeñas y urgentes tareas, que no le dejaron tiempo para reflexionar. Pero aunque no vio a sir Olivier ni supo nada de Matcham, no dejó de pensar en ellos. Quería escapar lo antes posible de Moat-House, pero no sin hablar antes con el capellán y con su joven amigo.

Ya entrada la noche, se proveyó de una vela para retirarse a su nueva cámara, una gran habitación oscura y baja de techo. La ventana, a pesar de su situación en lo más alto del castillo, estaba provista de gruesos barrotes de hierro, y daba sobre el foso. El lecho era confortable, hasta lujoso, con una almohada de plumas y otra de espliego, y un edredón de seda con rosas bordadas. En los muros se alzaban grandes armarios, cerrados con llave y candado y cubiertos por tapices de oscuro colorido.

Dick exploró su nuevo domicilio, dando golpes en los tableros y probando, aunque en vano, si podía abrir algún armario. También pudo comprobar que la puerta y el cerrojo eran bastante sólidos. Después dejó la vela sobre una repisa y dio libre curso a sus pensamientos.

¿Por qué le habían dado aquella cámara? Sin duda era más grande y más hermosa que la ocupada anteriormente por él; pero, ¿no sería una trampa? ¿Tendría alguna entrada secreta? ¿Estaría, efectivamente, embrujada?... Cuando se le ocurrió esto último, sintió que la sangre se le helaba.

Por encima de su cabeza oía los monótonos pasos de un centinela, pisando lentamente sobre el techo. Por debajo del suelo estaba la bóveda de la capilla. Al lado de ésta, en el Hall, sin duda existía un pasadizo secreto; lo demostraba el ojo que le miró por detrás del tapiz. ¿Conduciría aquel pasadizo a la capilla, para llevar finalmente a la estancia que ahora ocupaba?

En su situación, sería una locura dormirse en tal lugar. Pensándolo así, el joven Shelton preparó convenientemente sus armas, y fue a apostarse detrás de la puerta. Si le atacaban, estaba dispuesto a vender cara su vida.

Pasaba el tiempo. Algo más tarde sonó por encima del techo un pesado rumor de pasos, las voces del ¡quién vive! y del santo y seña, acompañadas por un entrechocar de armas. Sin duda estaban relevando la guardia de centinelas.

Aún duraba aquella lejana confusión, cuando le pareció que alguien rascaba suavemente en la puerta, y oyó una voz que decía de una forma casi imperceptible:

–¡Dick!... ¡Soy yo, Dick! ¡Ábreme!

Sin perder un segundo, descorrió el cerrojo y dejó pasar a Matcham. Estaba muy pálido, y llevaba en una mano una vela, y en la otra una daga desnuda.

–¡Pronto, cierra la puerta! –dijo–. La casa está llena de espías. Por todas partes me llega el ruido de sus pasos siguiéndome por donde voy, oigo su respiración detrás de los tapices...

–Tranquilízate, que ya he cerrado. Por el momento estamos seguros, si se puede hablar de seguridad en este castillo... ¡Cuánto me alegro de verte! ¡Por la Santa Misa, compañero, creí que te había perdido! ¿En dónde estabas?

–¡Poco importa ahora! Lo principal es que nos veamos juntos de nuevo. He venido a prevenirte del peligro que te amenaza. ¿Sabes que quieren atentar contra tu vida, esta noche o mañana?

–¿Cómo te has enterado?

–Les oí hablar de ello en secreto. Estoy tan seguro como si me lo hubieran contado.

–No creas que me choca: ya lo sospechaba...

Y Richard contó a su amigo los incidentes del día. Cuando terminó, Matcham quiso inspeccionar también la estancia.

–No encuentro ninguna entrada secreta –dijo, al terminar–, pero seguramente existe... Dick: voy a quedarme cerca de ti. Si mueres, moriremos juntos. Puedo ayudarte: mira este puñal que he robado. Con él me las arreglaré lo mejor que pueda. Y si descubrimos una salida por donde huir, estoy dispuesto a afrontar el peligro que sea, con tal de marcharme contigo.

El fervor que puso el muchacho en sus palabras, hizo que Dick exclamara:

–¡Por la Santa Misa, John, tienes el corazón más bravo, más fiel y más leal de toda Inglaterra! ¡Venga tu mano, muchacho!

Los dos amigos se estrecharon vigorosamente las manos. Luego, Dick continuó diciendo:

–Se me había ocurrido una idea. El mensajero de sir Daniel bajó por una ventana, y la cuerda quizás esté todavía en aquella habitación. Si consiguiéramos llegar hasta allí, quizá podamos...

–¡Calla! –le cortó Matcham.

Los dos forzaron la atención, y oyeron un extraño ruido por debajo del suelo. Cesó un momento y luego volvió a sonar, siempre débil, como apagado.

–Alguien anda por la habitación de abajo.

–No –le aclaró Dick–. Debajo de nosotros no hay habitación alguna, sino la capilla. Sin duda es mi asesino, que camina por un pasadizo secreto... ¡Déjalo que venga! ¡Le voy a recibir muy bien!

–Apaguemos las velas. Si no ve la luz, quizás él mismo se descubra.

Soplaron las llamas, y quedaron muy quietos, conteniendo hasta el aliento. Los pasos, muy leves, se alejaron y se acercaron varias voces. Después se oyó como el rechinar de una llave en la cerradura, y volvió a reinar el profundo silencio de los momentos anteriores.

De súbito se repitieron los pasos, y bruscamente apareció un pálido rayo luminoso en la entabladura del suelo, en un rincón alejado de la estancia. La luz aumentó a medida que alguien levantaba una trampa, y pronto los muebles de la habitación se hicieron visibles. Una robusta mano apareció sujetando la trampilla, y Dick preparó su ballesta para disparar contra la cabeza que no tardaría en surgir del vacío.

En aquel preciso instante, llegaron del otro extremo del castillo llamadas confusas y grandes gritos, repitiendo un nombre. Sin duda aquello desconcertó al asesino, porque desapareció, cerrando cuidadosamente la trampilla. En seguida, sus pasos se fueron alejando por el pasadizo, hasta desvanecerse.

Quizá sólo se trataba de una corta tregua, pero Dick lanzó un suspiro de alivio y prestó atención al lejano estruendo. Los gritos y la confusión aumentaron: gentes que corrían, puertas que batían dando grandes golpes... Dominando todo el clamor, Dick reconoció la potente voz de sir Daniel que gritaba una y otra vez: «¡Joanna!... ¡Joanna!...».

–¿Joanna? –repitió el muchacho, asombrado–. ¿Qué significa ese nombre? ¡Aquí nunca hubo Joanna alguna!... ¿Quién puede ser?

Matcham, que se había refugiado en un rincón, como buscando la sombra más espesa, callaba.

–John –continuó Dick–: ¿has visto tú a esa Joanna?

–No.

–¿Ni has oído hablar de ella?

Unos pasos se acercaban ahora a la puerta, mientras sir Daniel, desde el patio, continuaba llamando a gritos a Joanna.

–¿Has oído hablar de ella? –repitió Dick.

–Sí –respondió Matcham, por fin–. He oído hablar.

–¿Qué te pasa? ¿Por qué te tiembla la voz?... ¡Si esa Joanna es una suerte para nosotros! Mientras la buscan, se olvidan de mí y quién sabe...

–¡Dick! –exclamó entonces Matcham–. ¡Estoy perdido! ¡Estamos perdidos los dos! Huyamos, si es tiempo todavía: no pararán hasta que me encuentren... Y si no, déjame salir a mí; así, cuando me vean, tú podrás salvarte... ¡Dick, mi buen Dick! ¡Deja que me marche!

Ya tanteaba la puerta, buscando el cerrojo, cuando Richard Shelton comprendió la verdad.

–¡Por la Santa Misa! –exclamó–. ¡Tú no eres John Matcham! ¡Tú eres Joanna Sedley, la muchacha que no quería casarse conmigo!

Ella siguió callada, todavía inmóvil en su refugio de sombras. Tampoco él se movía, paralizado por la sorpresa y la emoción del descubrimiento.

–Joanna –pudo decir al fin–, tú me has salvado la vida, y yo también salvé la tuya. Fuimos amigos y enemigos, y hasta más de una vez quise pagarte, porque siempre te tuve por un chico. Ahora sé la verdad, cuando quizá voy a morir, pero antes quiero decirte esto... Eres la muchacha más noble y valiente que existe. Si escapase con vida, me casaría contigo sin vacilar un segundo. Pero muerta o viva, te juro que te amo.

Tampoco ella respondía a palabras tan apasionadas, y Dick tuvo que insistirle:

–¡Ven, Joanna!... ¡Háblame al menos! ¡Dime que también tú me amas!

Esta vez, la respuesta le llegó desde mucho más cerca:

–¿Estaría aquí, si no fuera por eso? –dijo ella.

–Entonces, Joanna mía, la situación es muy sencilla. Si conseguimos escapar de aquí, nos casaremos en seguida; si hemos de morir, todo habrá terminado... No hablemos más del futuro, y aprovechemos esta tregua. ¿Cómo encontraste el camino hasta mi cámara?

–Goody me lo enseñó.

–Entonces, la mujer de Hatch es nuestra aliada, y no nos denunciará. Todavía disponemos de tiempo...

Pero, por desgracia y desmintiendo sus esperanzas, en aquel momento se oyó que alguien andaba por el vestíbulo de la cámara, y luego llamaron a la puerta:

–¡Master Dick! –gritó una voz–. ¡Abrid, master Dick! ¡En seguida!

Richard no respondió ni se movió de donde estaba.

–¡Todo se ha perdido! –dijo Joanna, echando sus brazos al cuello de Dick.

Varios hombres se habían unido ya al primero, gritando y dando golpes, y por último llegó sir Daniel, acabando con el anterior barullo.

–¡Dick! –ordenó–. No hagas más el tonto, que ya sabemos que ella está contigo. ¡Abre en seguida!

Pero el joven Shelton continuó quieto y mudo. A los pocos segundos, se oyó la voz colérica de sir Daniel que gritaba:

–¡Hundid la puerta!

Varios hombres se lanzaron sobre ella. A pesar de su solidez, hubiese cedido pronto a tan furiosos ataques, cuando la fortuna intervino una vez más a favor de los muchachos. De pronto, un centinela había gritado dando la alarma, y otros gritos surgieron en seguida desde varios lugares del pasillo almenado. A las llamadas, que se repetían en todos los puestos de guardia, respondieron unos clamores levantados en el bosque.

Temiendo un ataque de los rebeldes, sir Daniel y sus soldados corrieron a ocupar sus sitios de combate. Al menos por el momento, Joanna y Dick estaban salvados.

–¡Pronto! –exclamó Richard, consciente de las ventajas de su situación–. ¡Ayúdame, Joanna!

Había apoyado la espalda en el gran lecho, de pesado roble, intentando moverlo; pero sus esfuerzos no parecían servir de nada.

–¿Qué haces, Joanna? –insistió–. ¡Por el amor del cielo, no te encojas de hombros y ven a empujar conmigo!

Por fin, entre los dos consiguieron mover el lecho, y a fuerza de empellones lo pusieron contra la puerta.

–¿Para qué tanto trabajo? –se lamentó Joanna, todavía jadeante y sudorosa–. ¿No comprendes que entrarán por la trampa?

–Nada de eso. Sir Daniel no revelará el secreto a sus gentes. Seremos nosotros quienes huyamos por ahí... Pero ya se han callado los gritos. Quizá fue sólo una falsa alarma.

En efecto, se trataba de un grupo de soldados huidos de la batalla. Consiguieron atravesar los bosques aprovechando la oscuridad de la noche, y acababan de abrirles las poternas del castillo. Ahora se los oía andar por el patio, entre chocar de armaduras y patear de caballos.

–Sir Daniel va a volver –acució Dick–. ¡Pronto, Joanna, a la trampa!

Encendió una vela y se dirigió al rincón en donde todavía asomaba un débil resplandor.

Había buscado entre sus armas la espada más sólida, y pronto consiguió introducir su punta en la juntura de la trampilla, descargando todo su peso sobre la empuñadura. La pesada madera se movió, se entreabrió luego, y acabó por ceder al empuje. Los dos jóvenes, uniendo sus fuerzas, la levantaron del todo. Sólo entonces vieron un tramo de escalera en cuyo fondo ardía una lámpara de aceite, probablemente olvidada por el criminal.

–Baja tú delante –dijo Dick–, y coge esa lámpara. Yo me quedo detrás para cerrar.

Uno tras otro descendieron los peldaños. Cuando Dick dejaba caer la trampilla, oyó cómo de nuevo intentaban forzar la puerta de la cámara.

CAPÍTULO 4

El pasadizo secreto

El pasadizo en donde se encontraron Joanna y Dick era corto y muy estrecho, y estaba muy sucio, como si nadie lo hubiese frecuentado en mucho tiempo.

A los pocos pasos llegaron ante una puerta a medio cerrar sin duda aquella en que la cerradura había rechinado cuando la abrió el desconocido criminal. Grandes telas de araña pendían de los muros, y el más ligero paso resonaba extrañamente sobre las losas del suelo.

Franqueada la puerta, el pasadizo se dividía en corredores, que cortaban al anterior en ángulo recto. Dick se adentró en uno de ellos, elegido al azar, por donde sus pisadas resonaban todavía más, quizá porque corría a lo largo del hueco formado por la bóveda de la capilla. Pronto vieron su arqueado techo, elevándose como el lomo de una ballena.

De vez en cuando, las paredes estaban perforadas por una especie de troneras en miniatura, fáciles de disimular en el otro lado por la talla de las molduras. Mirando a través de una, Dick vio el suelo de la capilla, frente a las gradas del altar; los cirios estaban encendidos, y la figura de sir Olivier se dibujaba netamente, orando con los brazos abiertos y dobladas las rodillas.

Más adelante, los dos muchachos bajaron unos peldaños donde el pasadizo se estrechaba. En uno de sus lados, la pared era de madera; entre una tabla y otra les llegó un débil temblor de luces y el ruido de gente que charlaba. Cuando llegó ante un agujero redondo, del tamaño de un ojo humano, Dick miró a través de él. Pudo ver la gran mesa del comedor, con media docena de hombres bebiendo y comiendo, todavía vestidos con cotas de malla. Sin duda eran los recién llegados.

–Por aquí no hay salida –dijo a Joanna–. Retrocedamos por donde hemos venido.

–No –replicó ella–. El pasadizo debe ser más largo, y algo habrá en su extremo.

Siguió adelante, pero a los pocos pasos dio con unos peldaños y un rellano, cuya salida era evidente; pero mientras continuasen allí los soldados, no podía pensarse en escapar por el comedor.

Volvieron atrás y se encontraron en otro pasillo, de la anchura suficiente para pasar un hombre. El suelo subía y bajaba, al parecer caprichosamente, y a veces aparecía cortado por unos peldaños resbaladizos. Después de descender un tramo de escalera más profundo que los anteriores, los muros estaban cubiertos de humedad viscosa. Más allá se oían chillidos y carreras de ratas.

–Debemos estar por debajo del torreón –dijo Dick.

–¡Y aún no hemos encontrado la salida!

–¡No te apures! Tiene que haberla, y daremos con ella.

Después de un brusco recodo, el pasadizo les condujo al pie de una escalera. Arriba la cerraba una losa de piedra, que intentaron levantar sin conseguir moverla, ni aun reuniendo sus fuerzas, como hicieron con el lecho.

–Alguien debe mantenerla cerrada –sugirió Joanna.

–No lo creo. Lo más probable es que hayan colocado algún peso encima. Está visto que no podemos escapar... Sentémonos ahora, y descansemos. Cuando pase algún tiempo, volveremos a mi cámara; quién sabe si han descuidado su vigilancia y podemos hacer otra tentativa partiendo de allí. Aunque te confieso que no tengo muchas esperanzas.

–¡Dick! –se lamentó Joanna–. ¡Qué triste día para ti aquel en que me encontraste!... Porque soy yo quien te ha llevado a esta amarga situación.

–¡No digas tonterías! Lo que nos sucede estaba escrito y tenía que cumplirse: aquello no influyó para nada en nuestro destino... Pero háblame de ti; cuéntame cómo caíste en manos de sir Daniel. Mejor será eso que lamentarnos de tu suerte o de la mía.

–Lo mismo que tú –empezó Joanna–, yo soy huérfana de padre y madre. Para mi desgracia, y hasta ahora también para la tuya, soy un buen partido. Lord Foxham era mi tutor, pero sir Daniel compró al rey el derecho a casarme, pagándolo muy bien. De modo que todavía estaba en brazos de una nodriza, cuando dos ricos y poderosos señores se disputaban el derecho a casarme... Un día, aprovechando el cambio de Canciller, sir Daniel compró mi tutela, saltando por encima de los derechos de lord Foxham; más tarde, con un nuevo cambio, fue mi antiguo tutor quien compró mi tutela, por encima de los derechos de sir Daniel... Una vergüenza, que además envenenó las relaciones entre los dos señores. Pero yo continuaba en la mansión de milord Foxham, que siempre se portó muy bien conmigo. Por fin, ya me iba a casar..., a vender, mejor dicho, a un tal Hamley, quien pagaría por mí quinientas libras. Mañana, precisamente, había de desposarme. Si la noticia no hubiese llegado a oídos de sir Daniel, yo estaría prometida, y no nos hubiéramos conocido... ¡Dick, mi querido Dick!

Y al decir esto, ella le cogió la mano y la besó con exquisita gracia. Richard devolvió el beso con igual mesura, y Joanna siguió contando:

–Hace unos días, estando yo en el jardín, sir Daniel me raptó y me hizo vestir ropas de hombre, lo que es pecado mortal para una muchacha. Además, no me favorecen nada... Sir Daniel me llevó a Kettley y, una vez allí, me dijo que iba a casarme contigo. Entonces, yo me juré casarme con Hamley, burlando a tan mal caballero.

–¡Cómo! –exclamó Dick–. ¿Acaso amas a ese Hamley?

–No; pero odiaba a sir Daniel y quería hacerle daño... Después, te encontré en la posada, fuiste muy bueno conmigo, y a pesar mío comencé a sentir amor por ti. ¡Con qué alegría me casaré contigo, si logramos escapar de este maldito castillo!

–Por mi parte –comenzó a contar Dick–, las mujeres me preocupaban muy poco. En cambio, me sentí atraído por ti, cuando te tenía por un chico. Me dabas lástima, sin saber por qué; por eso, cuando quise pegarte, mi mano se negaba a levantar el cinto. Sin embargo John..., déjame que siga llamándote así,... desde que sé que eres una chica, he comprendido que me estás destinada. ¡Pero escucha! ¡Alguien viene!

En efecto, se oía un lento sonar de pasos, como pisando con precaución las losas del pasadizo, y las ratas huyeron en precipitado desorden.

Dick volvió en seguida a la anterior situación de alerta. Se dio cuenta de que el brusco recado del túnel le concedía ventaja, ya que podía disparar, sin exponerse, escondiéndose tras de la esquina. Corrió a poner la luz en medio del cruce, y regresó corriendo para ponerse al acecho. No tardó en aparecer la sólida figura de Bennet Hatch. La antorcha que llevaba la convertía en más fácil blanco.

–¡Detente, Bennet! –le gritó Dick–. ¡Si das un paso más, eres hombre muerto!

–¿Estáis ahí? –respondió el soldado, deteniéndose en donde estaba–. No os veo; ha sido un buen ardid, ese de poner delante de mí la lámpara, y deslumbrarme. ¡Bien habéis aprovechado mis lecciones, master Dick!... Pero vamos a otra cosa. ¿Qué diablos hacéis aquí? ¿Qué andáis buscando? ¡Supongo que no dispararéis contra vuestro viejo amigo! ¿Y está también con vos la noble señorita?

–Bennet: soy yo quien ha de hacer las preguntas, y a ti te toca responderlas. ¿Por qué mi vida corre peligro en casa de mi propio tutor? ¿Por qué han querido asesinarme mientras me suponían durmiendo? ¿Por qué tengo que huir del castillo de sir Daniel y de los amigos con quien siempre viví y a los que nunca hice daño?

–¡Master Dick, master Dick! –respondió Bennet, entre indignado y compasivo–. Ya os lo dije otras veces, y ahora he de repetirlo: sois valiente, sin duda, pero demasiado torpe...

–¡Basta! –le cortó Richard–. Ya que veo que lo sabes todo, y que estoy condenado sin remedio. Muy bien. Pero aquí me quedo, y que sir Daniel venga a sacarme si es capaz de intentarlo.

Se hizo un silencio opresivo. Hatch calló unos momentos, reflexionando o luchando consigo mismo, y por último dijo:

–Escuchad. Voy a buscar a sir Daniel y le diré dónde estáis, que para eso me mandó aquí. Le diré también la sabiduría con que os habéis apostado, dominando el pasadizo... Pero antes de irme os daré un buen consejo. Master Richard, marchaos antes de que yo vuelva.

–¡Qué más quisiera yo! Pero no pudimos levantar la losa.

–Pasad la mano por su borde, y quizás encontréis algo... La cuerda que utilizó Throgmorton todavía está en la cámara negra, ya sabéis. ¡Adiós!

Hatch dio la vuelta y desapareció. Dick se apresuró a recoger la lamparilla y corrió hacia el rellano de salida. Como su amigo había dicho, en una esquina de la losa se abría una pequeña cavidad, por donde metió la mano. Sus dedos tropezaron con algo metálico, que empujó fuertemente. Se oyó el chasquido, y la losa comenzó a levantarse. Tenían el camino libre.

Salieron y se encontraron en una cámara abovedada que daba al patio interior. En él vieron a unos cuantos hombres, curando a los caballos llegados horas antes al castillo. Unas antorchas, sujetas a los muros por sus anillas de hierro, iluminaban la escena con movedizo resplandor.

CAPÍTULO 5

Dick cambia de campo

Les fue fácil pasar inadvertidos. Richard apagó su lámpara antes de salir de la bóveda y, siempre seguido por Joanna, pudo llegar hasta la cámara negra. El pesado lecho continuaba aún junto a la ventana, y atada a él, en apretado rollo, estaba la cuerda que sirvió al mensajero.

Con mil precauciones, comenzó a desenrollarla por encima del alféizar, mientras Joanna se mantenía a su lado, observando. Le impresionó la cantidad de cuerda que su amigo iba deslizando en el vacío, y le susurró:

–¿Tan altos estamos, Dick?... Nunca me atreveré a descolgarme. ¡Estoy segura de que me caería!

Lo dijo con seguridad tan desesperada, que el muchacho se sobresaltó, y la cuerda se le escapó de las manos, cayendo ruidosamente en el agua del foso. La voz de un centinela gritó en seguida:

–¿Quién va?

–¡Voto al diablo! –exclamó Dick–. ¡Estamos perdidos!... Pronto, descuélgate y sujeta la cuerda abajo.

–¡No puedo! –balbució ella, pálida de espanto.

–¡Si tú no puedes, yo menos! ¿Cómo podría atravesar a nado el foso, si tú me abandonas?

–¡Es que no puedo, Dick! ¡Si ya me fallan las fuerzas!

Se oyeron pasos en el corredor, y Richard se precipitó hacia la puerta para correr el cerrojo y ganar algún tiempo. No pudo. Antes de llegar la empujaron furiosamente desde el exterior, y unos soldados se precipitaron en la cámara. Saltó entonces hacia la ventana, donde Joanna seguía, casi desvanecida. Intentó cogerla en brazos, pero la muchacha estaba inerte, pesada, como muerta.

Acosado por los asaltantes, consiguió apuñalar a uno; en seguida aprovechando el desorden producido por su rápida defensa, se encaramó en la ventana, se agarró con ambas manos a la cuerda, y comenzó su peligroso descenso. Por fortuna le ayudaban los nudos con que estaba preparada; aún así, la precipitación y la inexperiencia le hicieron cometer continuas torpezas. Tan pronto se golpeaba la cabeza contra el muro, como se desollaba las manos contra su rugosa superficie. Por último decidió soltarse, y fue a caer en las frías aguas del foso.

Por milagro, su mano tuvo la suerte de tropezar con la cuerda que flotaba, y ello le salvó de ahogarse. Mientras respiraba hondamente, pudo ver en lo alto, a la luz de sus antorchas, las cabezas de los soldados que se inclinaban en las almenas, buscándole. Pero la noche era muy oscura, y no podían verle a tanta distancia.

Comenzó entonces a bracear como mejor podía, siempre agarrado a la cuerda, y así consiguió llegar a las mismas ramas del sauce que, no mucho antes, ayudaron a que Throgmorton pusiera pie en tierra. Las cogió, casi convulso, tan pronto creyéndose salvado como temiendo hundirse otra vez y, por fin, chorreando agua y jadeante, pudo arrastrarse hasta lo más frondoso del árbol.

Sin embargo, la operación duró el tiempo suficiente para que los tiradores del castillo pudieran observarla y conocer la situación exacta del fugitivo. Las flechas comenzaron a llover en torno suyo. Un arquero lanzó una antorcha encendida, que dio en la orilla del foso. Iluminó un instante aquel trozo de terreno, y después cayó en el agua, apagándose.

Pero aquellos segundos bastaron para que los hombres de sir Daniel afinaran su puntería. Dick creyó mejor salir de allí a todo trance, y lo hizo como un ciervo perseguido. Con todo, una flecha le hirió en un hombro, y otra pasó rozándole la cabeza. El dolor pareció darle alas, y se disparó en línea recta, sin preocuparse por cuál sería la mejor dirección.

Las flechas le persiguieron unos momentos más, pero después los arqueros desistieron en sus vanos esfuerzos. Sólo entonces se detuvo Richard a mirar. Ya estaba a regular distancia de Moat-House, pero aún veía cómo las antorchas se paseaban a lo largo de las almenas.

Se apoyó en el tronco de un árbol, sintiendo cómo le resbalaban el agua y la sangre, pero sabiéndose con vida y a salvo. Ciertamente, Joanna continuaba en manos de sir Daniel; pero él sabía que apenas corría peligro de alguna gravedad. El caballero no se ensañaría contra una damita que contaba con tan altos protectores. Lo peor que podía hacer sería casarla precipitadamente con cualquier amigo rico...

«Pero de aquí a que eso suceda –se dijo–, ya encontraré un buen modo para desenmascarar a ese traidor. Ahora ya no le debo fidelidad ni gratitud. Se ha declarado la guerra entre nosotros, ¡y ya veremos quién de los dos sale mejor librado!».

Sin embargo, por el momento su situación tenía poco de ventajosa. Dio unos pasos en dirección al bosque, pero el dolor de sus heridas, la oscuridad –más espesa entre los árboles–, y lo lamentable de sus circunstancias, dificultaban su marcha.

Tuvo que sentarse y apoyar la espalda en un grueso roble; y poco después cayó en una especie de inconsciencia. Cuando despertó, ya apuntaba el alba, y una ligera brisa mecía las copas de los árboles. Frente a él, a unos cien pasos, observó que algo oscuro se balanceaba entre las ramas de un árbol destacado en el claro.

En seguida se dio cuenta de que era el cuerpo de un hombre. La cabeza le caía lánguida sobre el pecho, y a cada ráfaga de viento su cuerpo daba vueltas y sus brazos y piernas parecían agitarse como si se tratase de un ridículo juguete. Dick se puso en pie y, tambaleándose, se acercó al horrendo espectáculo. Desenvainó su puñal, única arma que conservaba, y, después de varios instantes, consiguió cortar la cuerda de la que pendía.

El cuerpo cayó pesadamente al suelo, produciendo un sordo ruido. Descubrió la cabeza, quitando el capuchón que la ocultaba, y reconoció a Throgmorton, el mensajero enviado por sir Daniel. ¡Poco se pudo alejar del castillo! Al moverlo, le llamó la atención un papel muy doblado que llevaba en el cinto, y que sin duda la oscuridad y las prisas habían evitado que los hombres de la Flecha Negra repararan en él. Apenas comenzaba a leerlo, cuando Dick se dio cuenta de que era la carta de sir Daniel a lord Wensleydale.

«Si el poder cambia de manos otra vez –se dijo–, este documento me bastará para confundir al mal caballero, y quizá para enviarle al calabozo que merece».

Guardó el papel en su pecho, y después de rezar una oración por el alma del muerto, reanudó su caminata.

La fatiga y la debilidad le aumentaban a cada paso; los oídos le zumbaban y tropezaba continuamente... Por último, y después de no pocos e inútiles rodeos, llegó al camino real, no lejos de la aldea de Tunstall. Apenas entrado en él, una ruda voz le ordenó que se detuviera:

–¿Detenerme? –repitió Dick–. ¡Por la Santa Misa, me parece que más bien voy a caerme!

Y en efecto, después de decirlo se desplomó en medio del camino. Dos hombres, vestidos con justillos de paño verde, salieron de la espesura vecina. Iban armados con arco, aljaba y una espada corta.

–¡Fíjate, Lawless! –dijo el más joven, cuando llegaron al lado del caído–. ¿No es Dick Shelton?

–Él es, no cabe duda. Juan el Justiciero se va a poner muy contento... Pero mira: ha estado peleando. Tiene desgarradura en la cabeza, y debió perder mucha sangre.

–Pues esta brecha en el hombro le habrá escocido de lo lindo –añadió el otro rebelde, un tal Greenheve–. ¿Quién crees que pudo hacerle esta carnicería?... Como sea uno de los nuestros, que comience a preparar su alma: Ellis le hará probar la horca.

–Llevémosle el cachorro. Levántalo y pónmelo sobre la espalda... Así; ahora, dame sus brazos.

Cuando Dick estuvo dispuesto sobre el robusto dorso del antiguo franciscano, éste ordenó a su compañero:

–Quédate a guardar el puesto, hermano Greenheve. Yo sólo me basto para llevar al muchacho.

Greenheve volvió a emboscarse en la maleza, mientras que Lawless, con su pesado fardo en la espalda, que no le impedía silbar alegremente, comenzó a caminar en dirección a Tunstall. El sol comenzaba a levantarse cuando salió del bosque. Todo parecía tranquilo, pero una docena de arqueros de Ellis Duckworth montaba guardia junto al puente. Cuando vieron cerca a Lawless, tendieron sus arcos.

–¿Quién va? –gritó el jefe.

–¿No ves que soy Lawless? ¿O es que ya no me conoces?

–Dame el santo y seña.

–¿No fui yo mismo quien te lo dijo? –gruñó Lawless–. Ya está bien de jugar a militares. Si estoy en la selva, dadme métodos de la selva... Mi santo y seña es este: «Al infierno con los soldaditos de cartón».

–Estás dando mal ejemplo, Lawless –le advirtió el jefe–. ¡Pronto, la consigna!

–¿Y si la hubiese olvidado?

–Entonces, bellaco, te clavaría una flecha en el cuerpo.

–¡Está bien, hombre, está bien!... Aquí está: «Duckworth y Shelton»... A Shelton lo llevo en mis espaldas, y a Duckworth se lo llevaré cuando me dejes tranquilo.

–Ahora ya puedes pasar.

–¿Dónde encontraría a Ellis? –preguntó Lawless, ya en el puente.

–Ahí está, haciendo de recaudador –le respondió un arquero–. ¡Y cómo cobra los impuestos, hermano! ¡Parece que no hizo otra cosa en su vida!

En efecto, cuando Lawless llegó a la humilde posada de la aldea, encontró a Ellis Duckworth en medio de un grupo de arrendatarios de sir Daniel, a los que cobraba tranquilamente sus rentas dándoles a cambio un recibo firmado por él. Los infelices labradores se quejaban de tener que pagar dos veces, y les sobraba motivo: el señor de Moat-House nunca se avendría a razones.

Pero cuando Ellis supo que Lawless le llevaba al joven Shelton, despidió a los arrendatarios que le quedaban, y mandó que llevasen a Dick a un dormitorio de la posada. Allí examinaron las heridas del maltrecho caballero, y le ayudaron, con sencillos remedios, a que recobrase el conocimiento.

–Querido muchacho –le dijo entonces Ellis, estrechando su mano–, estás en poder de un hombre que quiso mucho a tu padre, y que por lo tanto, te quiere también... Descansa tranquilo, que es lo que más conviene en tu estado. Ya me contarás más tarde los trances que has pasado, y entre los dos encontraremos solución para todos tus problemas.

No tardó Dick en dormirse profundamente. Cuando despertó, Duckworth estaba sentado a la cabecera de su cama y pronto le pidió que le contara cómo se había escapado del castillo.

Había un no sé qué en la poderosa apostura de Ellis, en su noble rostro y en su mirada clara y penetrante, que impulsó a Dick a confiarse sin reservas. Así, le explicó sin ocultar detalle las aventuras que había corrido en las dos jornadas anteriores.

Cuando terminó su relato, Ellis tomó la palabra:

–Date cuenta, Dick Shelton –le dijo–, de lo que tus santos han hecho por ti. No sólo te han salvado de muchos peligros, sino que te han traído a mí, que sueño con ayudar al hijo de sir Harry Shelton. Sé leal conmigo, como sé que sabes hacer, y entre los dos acabaremos con ese infame traidor.

–¿Os atreveríais a asaltar su castillo?

–Por hoy, sólo pensarlo es una locura –respondió gravemente Ellis–: ahora es demasiado fuerte. Le ayudan muchos hombres, entre ellos los que se me escaparon ayer, aprovechando la oscuridad de la noche. ¡Por la Santa Misa, a ti te ayudaron con su llegada oportuna, pero a él le salvaron de un ataque!... No, Dick: tú y yo, con mis valientes arqueros, nos vamos a marchar muy pronto de estos bosques, y dejaremos campo libre a sir Daniel.

–Me preocupa John –murmuró Dick.

–¿John...? ¡Ah, ya caigo, la muchachita!... Te prometo, Richard, que si intenta casarla con otro, actuaremos rápidamente. Pero mientras, vamos a evaporarnos como fantasmas en cuanto que apunte el alba. Sir Daniel buscará a sus enemigos por todas partes, y no podrá encontrarlos. Creerá que sueña, pero nosotros vigilaremos sus menores movimientos. Y cuando llegue la ocasión oportuna, ¡por la Santa Misa!, acabaremos con él sin la menor piedad.

Dos días más tarde, como su guarnición había seguido reforzándose con la llegada de nuevos escapados de la batalla, sir Daniel intentó una salida. Al frente de cuarenta arqueros a caballo, marchó hasta la aldea de Tunstall. No oyeron silbar ni una sola flecha, y su asombro creció al ver que el puente estaba libre.

Al darse cuenta de la presencia de la tropa, los aldeanos salieron tímidamente a la puerta de sus casas. Uno de ellos, haciendo de tripas corazón, se acercó al caballero y le entregó una carta que decía lo siguiente:

«Al muy falso y muy malvado caballero sir Daniel Brackley:

»Siempre fuisteis cruel y desleal. Habéis manchado vuestras manos con la sangre de mi padre, y nada podrá lavarlas. Os hago saber que algún día moriréis a manos del que escribe. Os prevengo, además, de que si intentáis casar con algún otro a la noble señorita Joanna Sedley, con la que me he prometido por solemne juramento, mis golpes no se harán esperar. Vuestro primer paso por ese camino, será vuestro primer paso hacia la tumba.

Richard Shelton».

LIBRO III

Lord Foxham

CAPÍTULO PRIMERO

La casa junto a la playa

Varios meses habían transcurrido desde que Richard Shelton consiguió escapar de las garras de su tutor, meses que fueron pródigos en acontecimientos para el reino de Inglaterra. El partido de los Lancaster, en otros tiempos al borde de una derrota definitiva, había levantado la cabeza. Aplastados y dispersos los yorkistas, y muerto su jefe en el campo de batalla, parecía que la Casa de Lancaster era la vencedora indiscutible en la contienda.

La pequeña ciudad de Shoreby-on-the-Till estaba llena de nobles de la región, partidarios de los Lancaster. Entre ellos figuraba el conde de Risingham, acompañado de trescientos hombres de armas, y lord Shoreby, con doscientos. El mismo sir Daniel, que de nuevo se había atraído el favor de la Corte y que de día en día aumentaba sus riquezas con el producto de sus confiscaciones, se alojaba en una casa de su propiedad, situada en la calle principal, con sesenta de sus soldados... ¡Cuánto había cambiado el mundo en tan pocos meses!

En aquella oscura y fría tarde de invierno, apenas comenzado el año, además de la gran helada soplaba un fuerte viento y se preveía una fuerte nevada antes de que amaneciese. El frío reinante parecía haber barrido de las calles, a toda aquella optimista sociedad.

En una oscura taberna, muy próxima al puerto, varios hombres sentados ante una mesa comían huevos y bebían cerveza en abundancia. Eran tres o cuatro mocetones, de mirada despierta, manos encallecidas y rostros curtidos por el sol y la brisa del mar. Vestían el sencillo tabardo de los campesinos, pero hasta el soldado más ebrio lo hubiera pensado antes de buscarles camorra.

Retirado de aquel grupo, sentado junto al fuego de la chimenea, estaba un hombre muy joven, vestido también a usanza labradora, pero en sus maneras se advertía que nació en mejor cuna y que, si se presentaba ocasión, era muy capaz de manejar diestramente la espada con la misma destreza que los caballeros.

–Esto no me gusta –decía uno de los hombres de la mesa–. Este sitio no es para quien prefiere vivir bien, alegre y a sus anchas, en el campo o en los bosques. Encerrado aquí, en esta ciudad donde los enemigos hormiguean, no me encuentro a gusto. Para colmo de desgracias, ahora dicen que va a nevar.

–Eso se lo cuentas a master Shelton –le replicó otro, señalando con la cabeza al joven caballero–. Bien cerca lo tienes.

–Yo estoy dispuesto a hacer muchas cosas por master Shelton –replicó el que había iniciado la conversación–. Pero eso de arriesgarme a que me ahorquen, la verdad...

Se interrumpió porque acababa de abrirse la puerta, dando paso a un nuevo labrador, que se aproximó rápidamente al joven caballero.

–Master Shelton –le dijo–, sir Daniel acaba de salir con dos porta-antorchas y cuatro arqueros.

Dick, el mozo del que en capítulos anteriores nos hemos ocupado, se levantó en seguida y comenzó a dar órdenes:

–Lawless: ve a ocupar el puesto de John Capper. Tú Greensheve, me acompañarás, y que Capper nos guíe. Esta vez seguiremos a sir Daniel aunque tengamos que ir hasta York.

Salieron a una oscura callejuela, y Capper –el hombre que trajo el aviso– les señaló dos antorchas que llameaban al viento, a cierta distancia de donde estaban ellos.

Los hombres que las portaban siguieron avanzando por las desiertas calles de la dormida ciudad, precediendo a un hombre envuelto en un largo capote que ondeaba agitado por las ráfagas del aire. Le seguían cuatro hombres de armas, con el arco al brazo. Iban a buen paso, atravesando un dédalo de estrechas calles, siempre en dirección a la orilla del mar.

–¿Las otras veces fue siempre por estos sitios? –preguntó Dick en voz baja.

–Sí –le respondió Capper–. Ésta es la tercera noche que sale del mismo modo, siempre a estas horas y con pequeña escolta, como si quisiera guardar el secreto de sus pasos.

Sir Daniel y sus hombres llegaban ya a pleno campo. Shoreby era una ciudad abierta, y a pesar de los fuertes destacamentos apostados en los caminos y en las calles principales, era fácil salir de ella por las callecitas que desembocaban en los campos.

El sendero que seguía sir Daniel se acababa bruscamente en las dunas. Se oía, muy cerca, el ruido de la resaca; pero en aquel desierto paraje no se veía una luz ni tampoco guardias que patrullasen. Dick y sus rebeldes se acercaron más a sus perseguidos, y de pronto vieron cómo aparecía el resplandor de una antorcha, procedente de otra dirección.

–¡Qué sospechoso es todo esto! –murmuró Dick.

Sir Daniel se había detenido. Sus hombres clavaron los hachones en la arena, y se tendieron en ella, esperando a que llegase el otro grupo compuesto de cuatro hombres: el paje portador de la antorcha, dos arqueros, y otro envuelto en un capote, que marchaba en el centro y debía ser el jefe.

–¿Sois vos, milord? –preguntó sir Daniel, acercándose a él.

–Sí, yo soy... Por cierto, que preferiría enfrentarme con brujas, gigantes o herejes, antes que con este frío de espanto.

–Milord –replicó sir Daniel–, no por eso seréis menos feliz al contemplar tanta belleza. Sigamos, pues cuanto más pronto veáis mi mercancía, más pronto volveremos a casa.

–¿Por qué diablos la escondéis aquí, caballero? –preguntó el recién llegado–. Si es tan joven, rica y hermosa como decís, ¿por qué no vive con sus iguales? Así la casaríais más fácilmente, sin necesidad de helaros los dedos... Y tampoco, saliendo a estas horas, os expondríais a recibir una flecha por la espalda.

–Ya os dije, milord, que ésa es cuestión mía –respondió sir Daniel–. Pero no olvidéis esto. Si estáis cansado de vuestro amigo Daniel Brackley, os bastará con decir públicamente que vais a casaros con Joanna Sedley: no tardaríais en encontrar mi cuerpo atravesado con una flecha.

Comenzaron a caminar juntos, precedidos por los pajes; tenían que inclinar contra el viento las antorchas, que esparcían nubes de humo sobre sus penachos de llamas. Los arqueros iban detrás, andando penosamente sobre la arena de las dunas. Dick les seguía muy de cerca, aunque no pudo oír su conversación. Pero había reconocido al viejo lord Shoreby, un hombre de pésima reputación a quien el mismo sir Daniel vituperaba en público.

Pronto llegaron a la playa. Allí, al borde de las dunas y en medio de un gran jardín rodeado de altos muros, se levantaba una casita de dos pisos, con anejos para caballerizas y dependencias de servicio. Un paje se adelantó para abrir la puerta de la cerca, y cuando todos hubieron pasado, la cerró con la llave desde el interior.

Dick y sus hombres se sentaron, ocultos entre los tojos, y esperaron, aguantando el intenso y húmedo frío. Veinte minutos más tarde reapareció la pequeña tropa que componían los dos grupos. Sir Daniel y lord Shoreby se despidieron largamente, para después emprender el regreso, cada uno con su escolta respectiva.

Cuando sus pasos se perdieron en la lejanía, Dick se levantó, con el cuerpo aterido.

–Capper –dijo–. Vas a servirme de escala.

Los tres hombres se acercaron al muro de cierre, que Dick escaló diestramente.

–Ahora, Greensheve –murmuró desde lo alto–, sube tú... Tiéndete en la parte superior de la pared, para que no te vean, y permanece alerta para ayudarme si lo necesito.

Y dichas estas palabras, se dejó caer silenciosamente en el jardín.

La noche seguía oscura, y el viento silbaba entre los arbustos. Ninguna luz brillaba en la casa ni fuera de ella, y Dick tuvo que avanzar a tientas, guardando las mayores precauciones y aun así tropezando más de una vez. Pronto llegó a lo que debía ser una avenida, por la gravilla que crujía bajo sus pies. Se detuvo, cogió la ballesta que hasta entonces ocultaba entre sus ropas, y siguió caminando, ya con la decisión que le permitía el terreno despejado. Así llegó hasta el edificio principal, que inspeccionó detenidamente.

La fachada aparecía en estado lastimoso, casi en ruinas, y los postigos de las ventanas colgaban de sus goznes. También las cuadras estaban vacías y a pleno viento, y no se veía heno en el pajar ni trigo en el granero. Cualquiera diría que aquel lugar estaba desierto, de no ser por el movimiento anterior.

Dick siguió inspeccionando, seguro de encontrar algo, y no tardó en tener recompensa: en la fachada que daba al mar, en una ventana del primer piso, notó un débil resplandor. Retrocediendo un poco para ganar perspectiva, creyó ver una sombra pasando por el fondo de la habitación.

Volvió entonces al granero, cuya escalera cogió y, cargando con ella, fue a apoyarla debajo de la ventana iluminada. Era demasiado corta, pero pudo asirse a los barrotes de la reja, y luego izarse a pulso. La postura era casi insostenible, pero le permitió observar perfectamente el interior.

En la cámara había dos personas, una de las cuales reconoció en seguida: era la mujer de Bennet Hatch. La otra, una joven esbelta, de hermoso y grave semblante, vestía un largo traje suntuosamente bordado... ¿Podía ser Joanna Sedley, aquel John Matcham que le acompañó en los bosques y a quien quiso castigar a cintarazos?

Sobrecogido como por un deslumbramiento, Dick se dejó deslizar hasta el último peldaño de la escalera. Nunca pudo imaginar a su amada como un ser tan bello y distinguido, y de pronto se sintió ahogado por una ola de timidez.

No tuvo tiempo para reflexionar más, porque un silbido apagado le devolvió a la realidad, y se apresuró a descender el resto de la escala y aproximarse a la cerca.

–¿Quién va? –susurró.

–Greensheve –le respondió una voz desde las sombras.

–¿Qué pasa?

–La casa está vigilada, master Shelton –explicó el rebelde–. No somos los únicos que la espiamos. Desde lo alto del muro he visto unas sombras que se deslizaban en la oscuridad, y he oído cómo se llamaban silbando. Por eso he bajado y os avisé.

–¡Qué extraño es todo esto! –murmuró Dick–. ¿No serían los hombres de sir Daniel?

–No. Me ha parecido ver en sus gorras unas insignias distintas, algo como cuadros blancos y negros.

–¿Cuadros blancos y negros? –repitió Richard–. No conozco esa insignia, y desde luego no es de nuestra región... Está bien. Siendo así, lo mejor que podemos hacer es marcharnos cuanto antes, porque aquí no estamos en situación de defendernos. Poco podríamos hacer, cogidos entre esos hombres y los que sir Daniel habrá apostado en la casa. Devolvamos la escalera a su sitio.

Así lo hicieron y después, procurando ahogar cualquier ruido, saltaron la cerca para volver a su escondite entre los tojos. Ya refugiados allí, Dick tomó la palabra:

–John Capper –ordenó–: ve corriendo a Shoreby, y vuelve en seguida con todos los hombres que puedas reunir. Os espero aquí mismo. Yo me quedo con Greensheve para seguir vigilando. ¡Date prisa, y que Dios te proteja!

Cuando Capper desapareció, el joven Shelton se dirigió a su compañero para explicarle:

–Nosotros vamos a reconocer ahora mismo los alrededores del jardín. Quiero asegurarme de que no te has equivocado con esos hombres extraños.

Ocultándose en las matas de tojos, muy densas allí, los dos recorrieron detenidamente el terreno que rodeaba a la casa. Nada vieron en dos de sus fachadas, pero en la tercera aquella que daba a la playa y casi directamente al mar, tuvieron que continuar su exploración pisando sobre la arena. De vez en cuando, aun estando la marea baja, una ola coronada de espumas llegaba a mojarles los pies.

De súbito vieron cómo se perfilaba sobre el muro de la cerca, como una sombra chinesca, la silueta de un hombre que hacía amplios gestos con los brazos. Después se tendió en el suelo, y otra sombra, más lejos, apareció para repetir los mismos movimientos. Aquella escena se repitió varias veces.

–Volvamos a nuestro escondite, master Richard –dijo Greensheve–. Aquí estamos demasiado al descubierto, y lo más fácil será que nos vean.

–Tienes razón –asintió Dick–. Regresemos a las dunas.

CAPÍTULO 2

Una escaramuza nocturna

Empapados casi de agua, y cada vez más helados Dick y Greensheve continuaron vigilando desde su escondite de tojos.

–¡Quiera el cielo que Capper se dé prisa! –exclamó fervorosamente el joven Shelton–. ¡Si llega antes de una hora, prometo un cirio a Santa María de Shoreby!

–¿Estáis impaciente, master?

–No lo niego, compañero. La dama de mis pensamientos está en esa casa, y me pregunto quiénes serán las gentes que rondan a su alrededor, de noche y con tanto secreto. ¡No creo que sean amigos!

–Pues como Capper llegue a tiempo de estropear sus planes, les vamos a sacudir de lo lindo. Según lo que pudimos ver, calculo que apenas serán unos cuarenta. Pero tal como están apostados, veinte hombres bastarían para espantarlos como a gorriones... De todos modos, master Dick, si vuestra bien amada ya está a merced de sir Daniel, quizá su suerte no sería peor si pasara a poder de otro. El problema está en saber quién puede ser.

–Yo sospecho de lord Shoreby –contestó Dick–. Dime: ¿cuándo llegaron esos bellacos?

–Empezaron a venir poco después de que saltaseis al jardín; entonces vi al primer bribón arrastrándose por la esquina.

Dick optó por callar, para sumirse en sus pensamientos. La oscuridad era tan completa, que hacía imposible prever en qué momento asaltarían la casita los hombres emboscados en la playa. Después de reflexionar, Dick había llegado a la conclusión de que era un mal menor el que Joanna continuase bajo la custodia de sir

Daniel; más grave le parecía que cayese en manos de lord Shoreby. Por lo tanto, decidió que, si atacaban la casa, ayudaría a los sitiados.

El tiempo pasaba, y todo seguía en la misma calma. De cuarto en cuarto de hora, los centinelas transmitían sus señales, como si el jefe que los mandaba quisiera asegurarse de que no descuidaban la vigilancia. Pero nada más turbaba la paz que rodeaba al jardín.

Poco más tarde comenzaron a llegar los refuerzos pedidos por Shelton con tanto fervor; y no había avanzado mucho la noche, cuando ya unos veinte hombres estaban junto a él. Dick los dividió en dos grupos; el más numeroso lo confió a las órdenes de Greensheve, quedándose él con el otro.

–Sitúa a tus hombres en la esquina de la cerca que bordea la playa –ordenó a su ayudante–. Pero no os mováis hasta que yo ataque a los que cubren el lado del mar, donde seguramente está el jefe. Ése es el que me interesa. Los demás, sin duda, escaparán: déjalos que corran... Y que nadie dispare una flecha, porque podían herir a los nuestros; os batiréis con cuchillos o con espada, o con jabalina... Si les derrotamos, en cuanto cobre mi herencia tendréis un noble de oro cada uno.

Entre el diverso muestrario de facinerosos y de campesinos arruinados que se unieron a Ellis Duckworth, los más intrépidos y avezados se habían ofrecido voluntarios para ayudar a Richard Shelton. Esperaban una vida más agitada que con Ellis, y la vigilancia de sir Daniel en Shoreby les pesó desde el primer día; unos se limitaron a quejarse entre ellos, pero otros ya amenazaban con marcharse. Ahora, la perspectiva de una escaramuza y una recompensa les devolvió el buen humor, y se dispusieron alegremente al combate.

Quitándose sus holgados tabardos, aparecieron vestidos con ceñudas casacas o con jubones de cuero; debajo de sus capuchas, algunos llevaban tocas confeccionadas con pequeñas placas de hierro. Quedaron armados con espadas, chuzos, hachas o largas dagas; y después de esconder sus ropas, sus arcos y ballestas entre los tojos, avanzaron como tenían ordenado.

Cuando el grupo de Greensheve llegó a la esquina de la tapia, Dick alineó a sus seis hombres a unos veinte metros del muro y en seguida, dando grandes voces, arremetieron contra sus enemigos. Éstos, sorprendidos por el ataque, sabiéndose dispersos y quizás ateridos por el frío, quedaron indecisos un largo momento. Antes de que tuvieran tiempo para recobrarse, oyeron un nuevo clamor de gente, que ahora procedía del otro extremo del jardín. Creyéndose perdidos, emprendieron la fuga, corriendo velozmente.

Como estaba previsto, los dos destacamentos de la Flecha Negra se reunieron en el muro que daba al mar, cercando de ese modo al grupo de enemigos allí apostados. Entonces comenzó la verdadera batalla. Los hombres de Dick contaron con la ventaja de la sorpresa, pero eran muy inferiores en número a sus adversarios. Mientras, la marea había subido y ya la playa estaba reducida a una estrecha franja. Allí, sobre las mojadas arenas, entre la tapia y las aguas, se entabló una contienda incierta y furiosa.

Los desconocidos, bien armados, se lanzaron en silencio sobre sus asaltantes, de manera que la refriega se convirtió en una serie de luchas individuales. Dick, que entró el primero en liza, hubo de hacerlo con tres hombres. Al primer golpe puso fuera de combate a uno, pero los otros dos le atacaron vigorosamente y tuvo que ceder terreno. El más fornido, un verdadero gigante armado de una larga espada de dos filos, quiso descargar la enorme hoja sobre el joven; pero Dick saltó de costado, al mismo tiempo que asestaba a su enemigo un hachazo de abajo arriba. El gigante lanzó un aullido de dolor y, antes de que pudiera recobrarse, Dick volvió a herirle y lo dejó tumbado en el suelo.

Por fortuna para el joven guerrero, que no hubiera resistido un doble asalto, durante aquel combate el tercero de sus adversarios pareció entretenerse un momento, como para escuchar el ruido de la batalla general. Después volvió a la suya, en el preciso instante en que el mocetón se desplomaba. Entonces se entabló una lid singular entre él, luchador sin duda experto, y el joven Shelton.

El extraño tenía también la superioridad de sus armas –espada y daga contra hacha–, pero Dick contaba con su agilidad. En los primeros momentos, el combate estuvo igualado. Pero pronto se dio cuenta el muchacho de que aquel hombre, después de hacer atravesar la playa, le iba conduciendo hacia el rompiente espumoso de las olas, donde su agilidad apenas podría servirle. Cuando se apercibió, ya el agua le llegaba a las rodillas: pronto estaría, pues, casi a merced de su adversario, que seguía llevándole hacia el mar.

Rechinando los dientes, Dick decidió acabar con la maniobra. En el momento en que una ola acababa de romper, dejándole casi en seco, se precipitó contra su enemigo, y le saltó al cuello. El guerrero de espaldas, con Dick todavía agarrado a él, y la ola siguiente les cubrió por entero. Mientras permanecían bajo el agua, le desarmó, se puso en pie con un rápido salto, y le intimó, espada en mano:

–¡Rendíos! ¡Si lo hacéis os perdono la vida!

–Me rindo –contestó el otro, levantándose a su vez–. Sois joven y temerario, y os falta experiencia. Pero, ¡por todos los santos, os batís muy valientemente!

Dick, con su vencido adversario, volvieron a la playa firme. El combate continuaba rabiosamente a lo largo de la tapia; por encima del fuerte bramido de las olas se escuchaba el chocar de las armas y los gritos de dolor de los heridos.

–Conducidme ante vuestro capitán, joven –pidió el caballero–. Ya es tiempo de acabar con esta carnicería.

–Señor –le respondió Richard–, suponiendo que mis bravas gentes sean capaces de reconocer a un jefe, estáis hablando con él.

–Entonces, llamad a vuestra jauría, y yo mandaré a mis soldados que se queden quietos donde estén.

Aquel hombre hablaba y se comportaba con tanta nobleza, que inspiró confianza a Dick y le atendió en sus ruegos. Lo mismo hizo el desconocido señor.

–¡Abajo las armas, muchachos! –gritó con tono habituado a mandar imperiosamente–. Yo me he rendido bajo promesa de que respetarán mi vida.

En seguida cesó la contienda, y se apagaron sus clamores. Entonces llamó Dick:

–¡Lawless!... ¿Estás salvo?

–Sí, master –le respondió su voz–. Salvo y animoso, como siempre.

–Enciende una linterna y acércate.

En aquel momento preguntó el vencido caballero:

–¿No está con vosotros sir Daniel?

–¿Sir Daniel? –replicó Dick–. ¡Espero no tener esa desgracia! ¡Si estuviera aquí, os aseguro que lo pasaría muy mal!

–¿Que lo pasaría mal sir Daniel, noble señor? –preguntó asombrado el otro–. Entonces, si no sois del partido de sir Daniel, confieso que no comprendo lo que ha sucedido... ¿Por qué os habéis lanzado con tanto fuego sobre mi gente? ¿Qué objetivo perseguís?... ¿Y a qué noble gentilhombre me he rendido?

Antes de que Richard pudiera responderle, surgió una voz en la cercana oscuridad; mientras Lawless llegaba con la linterna, Dick pudo ver en seguida la insignia en blanco y negro del que hablaba, después de saludar respetuosamente a quien debía ser su jefe.

–Milord –dijo el recién llegado–, si estos caballeros son enemigos de sir Daniel, es muy de lamentar que hayamos venido a las manos unos contra otros. Pero aun sería más lamentable para todos que nos entretengamos aquí más de lo indispensable. Los que custodian la casa, a menos de que sean sordos o estén muertos, seguramente oyeron el tumulto de la escaramuza. Han debido avisar a su señor, y como nos retrasemos mucho, no tardaremos en ser atacados por su gente.

–Hawksley tiene razón –asintió el caballero, dirigiéndose al joven Shelton–. Estamos a vuestra disposición. ¿Adónde queréis que vayamos?

–Id adonde queráis, milord –respondió Dick–. Empiezo a creer que podemos ser amigos. Trabamos conocimiento de una manera algo brusca, pero no quisiera continuar así. Démonos la mano, milord, y luego nos separaremos. Mañana iré a encontraros en el lugar y a la hora que me digáis, y entonces nos pondremos de acuerdo.

–Sois muy confiado, amigo mío –respondió el caballero, aceptando la mano que le tendían–, pero esta vez habéis tenido suerte, depositando vuestra confianza en persona segura... Al apuntar el día, si os parece, nos veremos en la cruz de Saint-Bride... ¡Vamos, muchachos! ¡Seguidme!

Los desconocidos desaparecieron en un instante, y Dick volvió a examinar la casa de la playa. Entonces vio, adosada a un lucernario del tejado, una lamparilla cuya luz debía per divisada fácilmente desde la mansión de sir Daniel. Aquella era, sin duda, la señal que temía Hawksley, y los hombres del señor de Tunstall no tardarían en llegar.

Dick se echó al suelo y pegó la oreja a tierra; le pareció escuchar un ruido sordo que procedía de la ciudad, y que bien podía deberse a los lanceros de sir Daniel. Corrió a la playa y avisó a sus gentes, que pronto se esfumaron, cargado alguno con los despojos de los muertos.

No mucho más tarde, cuando una tropa compuesta por unos cuarenta hombres a caballo apareció en la playa, encontró desiertos y silenciosos los desolados alrededores de la casa. Mientras, Dick y los suyos estaban entrando en la taberna de «La cabra y la gaita», para descansar unas horas, antes de la cita del día siguiente.

CAPÍTULO 3

En la Cruz de Saint-Bride

La Cruz de Saint-Bride estaba situada no lejos de Shoreby, ya en los linderos de la selva de Tunstall. Dos caminos reales desembocaban allí, procedente uno de Holywood, a través de los bosques, y el otro de Risingham, por donde huyeron en desorden las vencidas huestes de Lancaster. Antes de juntarse para conducir a Shoreby, en el lugar donde se encontraban, una cruz de piedra se alzaba en lo más alto del suave otero, mostrando la huella de la intemperie y de los años.

Dick llegó al sitio de la cita poco antes de las siete de la mañana. El frío seguía siendo muy vivo, y la escarcha cubría el suelo como una alfombra plateada. Comenzaba a amanecer, y el cielo se teñía, hacia el Este, con pálidos colores rojos y anaranjados. El muchacho se acomodó en los primeros peldaños del crucero, se arropó mejor en su tabardo, y vigiló los alrededores.

No tuvo que esperar mucho. Por el camino de Holywood, montado sobre un magnífico corcel, avanzaba un gentilhombre de brillante armadura, cubierta con un suntuoso manto de pieles. Le seguía una tropa compuesta por veinte lanceros, que se detuvo a unos cien metros de la Cruz mientras que su capitán continuó adelante. Bajo la visera alzada de su casco, un rostro autoritario y lleno de dignidad respondía a la riqueza del atavío y de las armas del noble señor.

Dick se levantó y, aunque un poco intimidado, se adelantó al encuentro de su prisionero.

–Os agradezco vuestra puntualidad, milord –dijo, inclinándose profundamente–. ¿Quiere descabalgar vuestra Señoría?

–¿Habéis venido solo? –preguntó el caballero.

–No soy tan ingenuo –le respondió Dick, sonriendo–. Os diré con toda franqueza que el bosque que nos rodea está lleno de hombres a mi servicio, armados y prevenidos.

–Habéis obrado con la debida prudencia –dijo el gentilhombre– y me alegro, porque anoche fuisteis demasiado temerario: os batíais como un sarraceno loco, y no como un guerrero cristiano. Pero no soy yo quien deba reprocharlo, puesto que resulté vencido.

–Decid, milord, que salisteis peor librado –le respondió Richard–; pero sólo fue porque caísteis... Sin la ayuda de las olas, nada hubiera podido contra vos. Ya había recibido algunas cuchilladas vuestras, y todavía conservo las cicatrices de aquella pelea de ciegos.

–Os expresáis muy bien, caballero... ¿Cuál es vuestro nombre?

–Me apellido Shelton.

–Yo soy lord Foxham.

–¡Entonces, milord –exclamó fogosamente Richard–, permitidme deciros que sois el tutor de la muchacha más bella de Inglaterra! ¡Ya encontré el rescate vuestro y el de las gentes que ayer os cogí prisioneras!... Milord, imploro de vuestra benevolencia y de vuestro gran corazón que me concedáis la mano de mi dama Joanna Sedley. A cambio de ella os ofrezco vuestra libertad y la de los demás. Si os place aceptarlo, os ofrezco también mi reconocimiento y mi eterna gratitud.

–Pero, ¿no sois vos el pupilo de sir Daniel?... Eso me contaron cuando pregunté qué había sido del hijo de Harry Shelton.

Nunca se sintió Dick más excitado que en aquel trance, pero procuró contenerse, en lo posible, mientras decía:

–¿No tendríais inconveniente, milord, en echar pie a tierra?... Quisiera explicaros con detalle quién soy, cuál es mi situación y por qué soy tan atrevido en mis demandas... Dignaos sentaros en estas gradas, escuchadme hasta el fin y, sobre todo, juzgadme con indulgencia.

Mientras lo decía, ayudó a lord Foxham a que se apeara del caballo, y tendiéndole el apoyo de su brazo, le instaló del mejor modo posible en los peldaños de la Cruz. Una vez allí, manteniéndose respetuosamente en pie, contó sinceramente su desventurada historia, hasta llegar a los acontecimientos de la noche anterior.

Lord Foxham le escuchó sin interrumpirle, con atenta gravedad, y después tomó la palabra:

–Master Shelton –comenzó diciendo–, sois el caballero más afortunado que conozco, y al mismo tiempo el más desdichado. Sin embargo, veo que cuando la fortuna os fue propicia, la merecíais, y cuando se ensañó con vos, no lo merecisteis... Pero cobrad ánimos: acabáis de ganar un amigo a quien no le faltan el poder y la influencia... En cuanto a vos, no sienta bien a un caballero de vuestra alcurnia andar mezclado con forajidos; pero reconozco que sois valiente y honrado, tan peligroso en el combate como cortés en la paz... Por lo que toca a vuestro patrimonio, no podréis disfrutar de él hasta que cambien las circunstancias: mientras los Lancaster dispongan del poder, sir Daniel gozará de él y de sus turbios lucros...

Al llegar aquí, lord Foxham se detuvo un momento, para seguir sonriendo:

–Respecto a mi pupila, ya es otra cuestión. La había prometido a un caballero, deudo de mi casa, un tal Hamley,... pero ha pasado ya tanto tiempo...

–Sí, milord –le interrumpió Dick, impetuosamente–. Pero ahora sir Daniel la ha prometido a lord Shoreby. Y aun cuando la promesa es reciente, es la que tiene mayores probabilidades de cumplirse.

–Es cierto... Además, considerando que soy vuestro prisionero, y que no admitís más transacción por mi cansada vida; y como, por otra parte, la doncella está en otras manos..., no tengo más remedio que consentir en vuestra demanda. Así, ayudadme con vuestra gente...

–Milord –volvió a interrumpirle el muchacho–, esa buena gente son los forajidos con quienes habéis censurado que me reuniese...

–Dejemos que sean quienes sean: lo cierto es que saben pelear. Ayudadme, pues, y si entre todos recuperamos a madama Joanna, ¡por mi honor de caballero que la casaré con vos!

Dick dobló la rodilla ante su prisionero de la víspera. Pero él se puso en pie, y alzando a Dick le abrazó como a un hijo, diciendo:

–¡Vamos! ¡Si os habéis de casar con Joanna, comencemos ya a ser buenos amigos!

Una hora más tarde, Dick estaba de regreso en la taberna de «La cabra y la gaita». Mientras desayunaba, escuchó los informes de sus espías y mensajeros.

Ellis Duckworth no había regresado todavía a Shoreby. Sus ausencias solían ser frecuentes, pues ocupaba de muchos asuntos en todas las partes del reino, lo que le obligaba a misteriosos desplazamientos.

En realidad había organizado una partida de la Flecha Negra porque, arruinado por sir Daniel, necesitaba dinero y estaba ansioso por vengarse. Pero, además, para quienes le conocían bien, era el agente y emisario del gran creador de reyes de Inglaterra, Richard, conde de Warwick.

En ausencia de Duckworth, incumbía a Richard Shelton el mando de su gente destinada en Shoreby. Ello le proporcionaba no pocas preocupaciones, pero aparte de ellas, el muchacho estaba muy inquieto desde su entrevista con lord Foxham. Junto con él, habían decidido intentar un golpe audaz aquella misma noche, para raptar a Joanna Sedley.

Las dificultades eran muchas, pero aún las aumentaban las noticias que sus espías le fueron llevando a lo largo de la mañana. En aquel momento, podían resumirse así:

Sir Daniel, puesto sobre aviso por la escaramuza del día anterior, había reforzado la guarnición que custodiaba el jardín y la casa de la playa. Además, tenía apostados a unos jinetes en las callejuelas de los alrededores, para que le previniesen de cualquier movimiento sospechoso. Por último, en el patio de su mansión estaban dispuestos en todo momento caballos ya ensillados, y gentes armadas hasta los dientes, que sólo necesitaban una señal suya para montar y partir.

Las dificultades, pues, parecían cada vez más insuperables.

CAPÍTULO 4

El «Buena Esperanza»

De pronto, el rostro preocupado de Dick pareció iluminarse. Dirigiéndose a una mesa próxima, llamó:

–¡Lawless!... tú, que has sido marinero, ¿te atreverías a apoderarte de una barca para mí?

–Master Dick –respondió el rebelde–, si me ayudáis como es debido, soy capaz de robar la catedral de York.

Sin perder más tiempo, los dos amigos tomaron el camino del puerto. Se trataba de una extensa concha, situada entre colinas calizas y rodeada de dunas, barcos en ruinas y destartaladas casuchas. En el fondeadero estaban anclados gran número de navíos y barcas de pesca, inactivos hacía semanas por culpa del mal tiempo. Aquel mismo día, en el cielo gris se apelotonaron enormes nubes casi negras, y fuertes ráfagas heladas hacían revolotear la nieve, anunciando una tormenta.

Los marineros, echados de sus barcos por el frío y el viento, los habían abandonado para refugiarse en las tabernas inmediatas, donde se entretenían bebiendo y cantando. Así, muchos buques anclados quedaron sin guardia, y en ellos puso Lawless una atención especial, buscando el que estuviera más lejos de los lugares concurridos.

Mientras lo hacía, Dick se sentó sobre un ancla medio clavada en la arena, pensando en las promesas de lord Foxham. Un ligero golpe en el hombro le devolvió a la realidad. Era Lawless, que en seguida señaló hacia un pequeño buque, algo aislado de los otros y anclado cerca de la entrada del puerto. Las olas lo mecían suavemente y con regularidad. Un rayo de pálido sol de invierno iluminó en aquel momento el puente del navío, y pudieron ver cómo dos hombres hacían bajar una chalupa, halándola por el costado.

–Miradlo bien, master Shelton –dijo Lawless–. Ése es el barco que necesitamos esta noche.

La pequeña lancha ya entraba en las aguas quietas del puerto, y los dos hombres que la tripulaban, remando vigorosamente, se aproximaron a la orilla. Lawless se dirigió a un transeúnte:

–¿Cómo se llama aquel barco? –le preguntó, señalando al que codiciaba.

–Es el «Buena Esperanza», de Dartmouth –respondió el buen hombre–. Ahí precisamente viene Arblaster, su capitán: ése que rema en la proa de aquella lancha.

Lawless no necesitaba saber más. Se apresuró hacia una pequeña cala arenosa, al parecer, la barca iba a abordar. Cuando estuvo a distancia suficiente para ser oído, se puso a decir, a grandes gritos:

–¡Eh, compadre Arblaster! ¡Seas bienvenido!... ¡Por la Santa Cruz que llegas en el mejor momento! Y allí veo al «Buena Esperanza»: lo hubiese reconocido entre mil. ¡Qué barco más hermoso y más bueno!... Querrás tomar un vaso conmigo, ¿verdad, compañero? Ya heredé mis tierras como seguramente te han contado, y ahora soy rico. El día que me place navegar, ya no lo hago por el océano, sino sobre un mar de cerveza con especias... ¡Ven aquí compañero, y aprieta esta mano! ¡Ven a brindar con un viejo camarada!

El capitán Arblaster era un hombre de cierta edad, de rostro largo y curtido por la intemperie, que llevaba un cuchillo colgado al cuello por un grueso cordón. Al oír las frases de Lawless pareció tan sorprendido como desconfiado. Pero la mención de una herencia, y el aspecto de simplicidad y camaradería en el oficio de aquel borracho desconocido, pronto disiparon sus prevenciones. Desarrugó el semblante y se adelantó hacia él, cogiendo la mano que le tendía y estrechándola vigorosamente.

–No me acuerdo de ti –dijo–, pero no importa. Yo bebería con cualquiera, y Tom, mi marinero, también.

Y luego, volviéndose a su compañero, prosiguió:

–Tom: éste es un compañero de cuyo nombre no me acuerdo. Vamos a beber con él y con su amigo, que sin duda es también un hombre de la costa.

Lawless abrió marcha, y pronto los cuatro hombres estaban sentados en torno de una mesa, en una taberna que por apartada y por nueva, estaba casi solitaria. Era un simple barracón construido con troncos desbastados, y lo amueblaban un par de estantes, unos desnudos bancos, y varias tablas apoyadas sobre toneles, en lugar de mesas

En el centro, acosada por continuas ráfagas de viento estaba la alta campana de la chimenea; debajo ardía un fuego de mala leña del que salía una espesa humareda. Sin embargo, nada podía rebajar el entusiasmo de Lawless, que apenas instalados exclamó:

–¡Por fin! ¡Ésta es la mayor alegría del marino! Un buen fuego y una gran jarra de cerveza, al abrigo de todas las tormentas. ¡Por el «Buena Esperanza»! ¡Por que aguante bien su ancla!

–¡Eso es! –apoyó Arblaster–. Da gusto verse en tierra, sobre todo con un tiempo como éste, ¿verdad, Tom?... Tenías razón, compadre, aunque sigo sin acordarme de tu nombre. ¡A la salud del «Buena Esperanza» y de su ancla!

–Amigo Dick –dijo poco después Lawless, volviéndose a su compañero–. Si no me equivoco, tenéis que resolver algunos asuntos. Por mí no os detengáis. Yo me quedo con esta selecta compañía, y apuesto a que estos bravos muchachos harán como yo, y vaciaremos más de una jarra. ¡Nosotros, los viejos lobos de mar, no somos como la gente de tierra!

–No faltaba más –añadió el capitán–. Podéis marcharos tranquilo, que nosotros nos quedamos aquí hasta la hora de queda. O quizá, ¡por Santa María!, hasta que el sol salga de nuevo. Cuando uno ha estado mucho tiempo en el mar, se impregna de sal hasta los huesos, y por mucho que beba nunca se queda saciado.

Animado de aquel modo, Dick se despidió de sus compañeros y regresó a «La cabra y la gaita». Desde allí envió un mensajero a lord Foxham, para advertirle que aquella misma noche dispondrían de un buen barco para la proyectada expedición. Después, acompañado por dos rebeldes que tenían alguna experiencia marinera, volvió al puerto. No le costó encontrar, entre las demás lanchas amarradas, la del «Buena Esperanza».

Embarcaron los tres, y remaron hacia donde estaba anclado el buque. La embarcación, que era muy pequeña, bailaba como un corcho apenas llegaron a puerto abierto. Había comenzado a nevar, y el cielo gris permitió que llegaran al barco sin ser vistos. En un instante se izaron hasta el desierto puente, y de aquel sencillo modo tomaron posesión del «Buena Esperanza».

Realmente era un buen barco, de un solo palo y aparejado entre falúa y lugre. Al parecer, el capitán Arblaster volvía de un viaje fructuoso, pues la cala estaba llena de barriles de vino francés. En su reducido camarote, además de una pequeña imagen de la Virgen María, que demostraba la piedad del patrón, encontraron una buena cantidad de arcas y armarios cerrados con cadenas, lo que probaba también que Arblaster era hombre rico y precavido.

El perro de a bordo se puso a ladrar furiosamente, y hasta intentó morder a los intrusos; a patada limpia lo metieron en la cabina, dejándole encerrado. Después encendieron una lámpara, que sujetaron en el obenque, y perforando un barril bebieron por el éxito de su aventura. Hecho esto, y dejando a un hombre provisto de arco y flechas, para que vigilara el barco, Dick y el otro rebelde se dispusieron a regresar a tierra.

–Que tengas buena guardia, Jack –dijo Richard al centinela, antes de embarcar en la chalupa.

–Mientras estemos aquí, todo irá bien –respondió Jack–. Pero cuando salgamos del puerto... ¡Fijaos cómo baila el barco! ¡Y mirad cómo se ha oscurecido el cielo!

En efecto, el horizonte estaba cada vez más cerrado y sombrío. Grandes olas levantaban ya al «Buena Esperanza», mientras que ligeros copos de nieve espolvoreaban la cubierta y el viento silbaba lúgubremente al pasar por entre las jarcias.

–Es verdad –dijo Richard–: parece que el tiempo se estropea. ¡Pero tengamos ánimo! Quizá sea sólo un chubasco, y se lo lleve el viento.

A pesar de aquellas palabras optimistas, Dick estaba inquieto. Tanto que, mientras remaba hacia el puerto, fue rezando por todos los que aquella noche iban a aventurarse en el mar. Cuando llegó a la pequeña cala, ya le esperaban una docena de sus hombres, a los que ordenó embarcar sin pérdida de tiempo.

Él siguió caminando por las dunas, y poco más adelante, en el ribazo que rodeaba a la caleta, se encontró con lord Foxham, que acudió a su encuentro. Un capuchón ocultaba su rostro, y un gran capote que le llegaba hasta los pies, disimulaba su armadura.

–Amigo Shelton –le preguntó en seguida–, ¿estáis decidido a embarcar, a pesar de todo?

–Milord, por tierra es inútil hacer nada. Los alrededores de la casa están sembrados de hombres a caballo, que avisarán a sir Daniel a la menor sospecha, y en un santiamén acabaría con nosotros. Si nos acercamos por el mar, afrontaremos a los elementos, es cierto: pero tendremos más posibilidades de raptar a Joanna.

–Bien está –dijo lord Foxham–. Iré con vos, aunque sólo sea por vergüenza. Pero os confieso que preferiría estar en mi lecho.

–Venid por aquí –le indicó Dick, dando la cuestión por zanjada–. Vamos a buscar a nuestro piloto.

Y se dirigieron hacia el tabernucho, en donde había citado a una parte de los suyos. Algunos esperaban en la puerta, pero los demás habían entrado y tomado asiento, lo más cerca posible de donde estaba Lawless y sus marinos: los dos invitados, a juzgar por lo alterado de sus voces y lo turbio de sus miradas, habían rebasado ampliamente los límites de la moderación.

Cuando entró Richard, seguido de lord Foxham, los tres compadres entonaban una vieja canción marinera. El joven Shelton inspeccionó el local con la mirada. El fuego, que acababa de ser alimentado, escupía nubes de humo espeso que ocultaba los rincones más alejados de la taberna; pero de todos modos, algo parecía seguro: los rebeldes, con mucho, sobrepasaban en número a los parroquianos.

Luego, siguiendo el plan trazado, se aproximó a la mesa y se acomodó junto a Arblaster. El capitán ni siquiera lo reconoció.

–¿Quién eres tú? –le preguntó, con lengua estropajosa.

–Quisiera deciros unas palabras –le susurró Dick– pero fuera de aquí... Mirad cuál va a ser la materia de nuestra conversación.

Y diciéndolo, le mostró a escondidas un noble de oro.

Los ojos del capitán brillaron de codicia.

–¡No faltaba más! –dijo–. Voy contigo ahora mismo... Compadres, vuelvo en seguida. Mientras, continuad bebiendo.

Y cogiéndose del brazo de Richard, salió de la taberna con paso vacilante. No más traspasar el umbral, seis robustos brazos le cogieron, lo ataron fuertemente y fueron a dejarlo, bien amordazado, en un pajar vecino. El marinero Tom, acomodado de manera parecida, no tardó en seguirle. Y allí quedaron los dos, asombrados de la aventura a pesar de su borrachera.

Con aquello se acabaron las ocultaciones. A una señal convenida, la tropa de lord Foxham y los hombres de la Flecha Negra se apoderaron abiertamente de las barcas necesarias para trasladarse al «Buena Esperanza». Aún no había pisado la cubierta el último soldado, cuando en la orilla se levantó la esperada gritería de los pescadores y marinos que habían descubierto el robo de las chalupas. Pero demasiado tarde para recuperarlas.

Entre los cuarenta hombres embarcados, ocho habían sido marineros y bastaban para hacer las maniobras de levar ancla y de izar la vela. Lawless, tambaleándose y cantando todavía el estribillo de su canción de mar, se hizo cargo del timón, agarrando fuertemente la caña. Y pronto el «Buena Esperanza» se lanzó a navegar sobre las grandes olas que se alzaban más allá de la barra del puerto.

Con excepción de la linterna del barco, y de algunas lucecillas de la ciudad de Shoreby, todo estaba negro como boca de lobo. El barco danzaba y se escoraba peligrosamente; tan pronto se hundía en un abismo entre las olas, como rompía una cresta que lo envolvía en una catarata de espumas.

A pesar de su probada valentía, más de un hombre imploraba la bendición divina; otros, mareados, se habían arrastrado hasta la cala, donde se revolcaban entre gemidos. Afortunadamente, bien guiado por su instinto, Lawless evitó peligrosas rompientes y maniobró de modo que el «Buena Esperanza» pudo arribar a una especie de malecón de piedra, donde en seguida quedó amarrado.

CAPÍTULO 5

El «Buena Esperanza»
(Conclusión)

La escollera –pues no era más que eso el citado malecón– estaba próxima a la casita donde estaba recluida Joanna. Los hombres del buque, pues, no tenían más que desembarcar, rodear el jardín, echar la puerta abajo y apoderarse de la muchacha. Después, abandonando el «Buena Esperanza» se la llevarían a través del bosque hasta llegar a las tierras de lord Foxham.

Sin embargo, ya el desembarco se hizo con dificultades, pues algunos hombres estaban mareados y los demás casi paralizados por el frío; también la tormenta había desmoralizado a más de un valiente. Así, perdida la disciplina, se precipitaron a la escollera en el mayor desorden, empujándose y lanzando improperios. Para restablecer la calma, lord Foxham tuvo que lanzarse, espada en mano, contra sus propios servidores.

Mientras, Dick escogía a un grupo de sus hombres, y con ellos comenzó a caminar por el malecón. Las tinieblas le impedían ver claro, pero le pareció oír ruido de armas y pisadas de caballos. Se acercó más a la duna y vio, en las cercanas arenas, siluetas de soldados y jinetes que iban y volvían, como en patrulla. Aquello le produjo un hondo desaliento: si el enemigo vigilaba tan estrechamente la playa, él y sus hombres podían verse cogidos entre el mar y los esbirros de sir Daniel.

Lanzó un cauteloso silbido, como había concertado, pero desgraciadamente los otros lo oyeron también, quizá llevado por una ráfaga de viento. Pronto una nube de flechas, disparadas al azar, voló en medio de la oscuridad. Los asaltantes se habían apelotonado detrás de la escollera, pero más de uno debió de ser alcanzado, pues se oyeron gritos de dolor y de espanto.

Lord Foxham fue herido por la primera descarga, y Hawksley le hizo llevar a bordo sin pérdida de tiempo. Apenas comenzada la pelea, los hombres se veían privados de uno de sus jefes. Ésa, fue indudablemente, la razón principal del desastre que siguió.

Dick, siempre a la cabeza de los suyos, había entablado combate. Aún estaba indeciso éste cuando, en un abrir y cerrar de ojos, el infortunio se cebó en los del buque. Alguien había gritado en la escollera que todo estaba perdido, aumentando con ello la desazón de sus compañeros. Otro le hizo coro, diciendo:

–¡A bordo, camaradas! ¡En ello nos va la vida!

Y un tercero, presa de pánico, añadió la frase que siempre precede a una retirada:

–¡Nos han vendido!

En seguida, tropezando y empujándose, dando la espalda al adversario y pisoteando a sus heridos, huyeron hacia el barco, lanzando medrosos alaridos.

Buena parte de aquellos cobardes, aunque no sin trabajo consiguieron llegar a bordo; otros cayeron al mar, pereciendo ahogados, o fueron muertos a mansalva por el enemigo, que ya invadía la escollera. No faltó quien perdiera la vida en el mismo puente del buque, pisoteado por sus propios camaradas.

Por fin, la proa del «Buena Esperanza» pudo apartarse del improvisado muelle; Lawless, que a viva fuerza consiguió permanecer junto al timón, en seguida alejó el buque de la orilla. Pronto navegaba nuevamente sobre el furioso oleaje. La cubierta estaba sembrada de heridos que se revolvían en su sangre, cuando las olas no la arrastraban a los imbornales...

Lawless, envainando su daga, se volvió al compañero que estaba a su lado:

–He tenido que herir a más de un puerco desertor –dijo con gesto de desprecio.

Porque, en medio del pánico general, sólo a aquel precio pudo el piloto conservar su puesto. Y entonces sucedió algo inconcebible. Alguien oyó las palabras del timonel; y los mismos cobardes que habían arrojado sus armas y vuelto la espalda al enemigo, quisieron borrar sus faltas reclamando el castigo de algún culpable.

Su animosidad se dirigió contra Lawless, y más cuando, para evitar unos arrecifes, puso rumbo a mar abierta.

–¡Nos lleva a alta mar! –gritó un descontento.

–¡Es verdad! –le apoyó otro–. ¡Nos traiciona!

Pronto un grupo, entre juramentos y amenazas, ordenó a Lawless que girase de nuevo el barco hacia la costa. El viejo piloto, aún borracho pero con dominio de sí mismo, no se molestó en responder y continuó dirigiendo con habilidad el timón en un mar revuelto. Los amotinados se habían reunido junto al mástil y, como los gallos del cuento, «gritaban para infundirse valor».

Dick, queriendo evitar lo que parecía inminente, iba a subir por la escala del aparejo; pero uno se le anticipó, y ya tomaba la palabra para explicar la situación a los demás:

–¡Compañeros! –les dijo–. ¿Por qué no pensáis un poco? ¿No os dais cuenta de que, para llegar salvos al puerto, hay que evitar los arrecifes? Sólo por eso...

Alguien le dio un puñetazo en la boca, haciéndole caer sobre el puente, y en seguida fue acometido a patadas y luego muerto a golpes de cuchillo. Loco de rabia, Lawless dejó la barra del timón, mientras les gritaba:

–¡Coged vosotros el timón!

Sin que nadie lo gobernase, el «Buena Esperanza» comenzó un espantoso baile sobre las olas. Una de ellas, verdadera montaña líquida, rompió sobre cubierta, barriéndola de popa a proa.

Seis o siete hombres salieron arrojados por la borda, y los demás, cuando pudieron hablar, suplicaron a Lawless que volviese a coger la barra.

Dick, que también fue derribado por el golpe de mar y casi se ahoga, pudo levantarse penosamente y avanzar hasta donde estaba el timonel.

–Lawless –le dijo–, nuestra suerte depende de ti. Voy a poner a tu lado a tres hombres de confianza, y ellos velarán por tu seguridad.

–No hace falta, master Shelton. Sería inútil, porque las aguas nos envuelven cada vez con más violencia, y pronto veréis a todos esos hombres tumbados de espaldas. Es un misterio, pero está comprobado: no hay hombre malo que pueda ser buen marinero. Sólo los honrados y valientes aguantan las sacudidas de un barco.

–Eso, Lawless –dijo Dick, riendo–, no es más que una superstición de marinero... Pero dime con franqueza, ¿crees que saldremos adelante?

–Master Richard, yo he practicado muchos oficios, desde fraile hasta ladrón, pero siempre pedí al cielo no morir embarcado. Primero, porque en el mar la muerte puede cogernos de improviso, sin confesar; y después, porque nada es más espantoso que morir en esta gran bañera de agua salada... Pues bien: tengo la impresión de que, si no media un milagro, esa suerte nos espera a todos esta noche.

–¿Así lo crees?

–Desgraciadamente, sí. ¿No os dais cuenta de lo pesado que avanza el barco? La cala está llena de agua y pronto no responderá el timón. Entonces se hundirá o se irá a la deriva, estrellándose contra los arrecifes.

–Sin embargo, lo estás diciendo con mucha serenidad. ¿Es que no tienes miedo?

–No –respondió resueltamente Lawless–. La verdad, como os dije, es que sólo soy un fraile renegado y un ladrón impenitente. Pero en mi zurrón nunca faltó la esperanza, y aunque tenga que morir ahogado, lo haré con los ojos limpios y la mano firme.

Nada quiso responder Dick a esas valientes frases. Por otra parte, seguía temiendo un nuevo motín, y se dispuso a buscar tres hombres fieles y seguros de sí mismos. Ya el puente estaba casi desierto, pues casi todos se habían refugiado en la cala. Allí, unos hacían honor al vino de Gascuña del capitán Arblaster, y otros curaban sus heridas. El número de los que se tendían en el suelo, víctimas del mareo, aumentaba sin cesar.

Por fortuna, Greensheve, Cuckow y un joven servidor de lord Foxham, que ya había llamado la atención de Dick por su valentía y su inteligencia, estaban en condiciones para comprender la gravedad de la situación. Los apostó junto al viejo timonel, con orden de protegerle y después, lanzando una última mirada al cielo oscuro y al enfurecido mar, entró en el camarote adonde habían llevado a lord Foxham.

Las quejas del herido se mezclaban con los gemidos del perro de Arblaster. ¿Llamaba el animal a su dueño, o adivinaba el peligro que corría el «Buena Esperanza»?... Sus aullidos, lúgubres y monótonos, parecían un toque de agonía, y más de un soldado se persignaba, estremeciéndose de terror.

Lord Foxham estaba tendido sobre una hamaca. Una lamparilla lucía débilmente ante la imagen de la Virgen. A su resplandor, Dick pudo distinguir el pálido rostro y las hundidas facciones del herido, quien le dijo al verle:

–Mi herida es grave, Richard Shelton... Acercaos para que, al menos, tenga junto a mí a un hombre bien nacido. ¡Qué desgracia la mía! ¡Después de conocer riquezas y honores, morir en este maldito barco, rodeado de granujas y villanos!

–No vais a morir, milord –le animó Dick–. Espero que el cielo nos lleve a tierra sanos y salvos, y allí podréis cuidaros y os restableceréis muy pronto.

–¿Pensáis que tengamos alguna posibilidad de volver a tierra?

–El barco se pone cada vez más pesado a causa del agua que ha llenado a la cala –respondió Dick, que no quería mentirle–. La mar está embravecida, y el compañero que gobierna la nave no me oculta sus temores. Tendrá que ayudarnos la suerte para que pisemos otra vez suelo firme.

–¡Ay! –exclamó el noble señor, tristemente–. Joven, rogad al cielo que os conceda una muerte tranquila, aunque viváis una existencia mísera... Pero decidme, ¿hay algún sacerdote a bordo?

–No, milord.

–Entonces, tendré que ocuparme ya de mis intereses terrenales. Cuando yo esté muerto, sed para mí tan buen amigo como fuisteis leal enemigo. Muero en un mal momento, para Inglaterra y para quienes confiaron en mí. Mis gentes, a las órdenes de Hamley..., el que era vuestro rival, están citadas para una reunión en la gran sala de mi castillo de Holywood. Tomad el anillo que veis en mi dedo; por él conocerán que sois portador de mis órdenes. Además, voy a escribir una nota a Hamley conminándole a que os deje a vuestra damita...

Lord Foxham miró a Dick largamente, con expresión de duda:

–¿Me obedeceréis? –dijo–. No estoy muy seguro.

Después, pintada la decisión en su noble rostro, preguntó:

–¿Sois de York o de Lancaster?

–Me avergüenza confesarlo –contestó Dick–, pero ni yo mismo lo sé. Lo único cierto es que sirvo a Ellis Duckworth, y por lo tanto me declaro partidario de York.

–Muy bien –aprobó el herido–. Vuestra respuesta me satisface, pues si os declaráis por Lancaster no sé lo que hubiera hecho... Ahora, escuchadme. Sólo vine a Shoreby para vigilar a los nobles que aquí se han reunido, mientras mi joven señor, Richard, duque de Gloucester[1], reúne un ejército con el que les atacará para dispersarles. Ya he tomado nota de sus fuerzas, de las guardias que han montado y de las posiciones que ocupan. Esas notas debía entregarlas a mi joven señor el domingo próximo, una hora antes del mediodía, en la Cruz de Saint-Bride. Sin duda no podré acudir a la cita, y os ruego que vayáis en mi lugar. Que nada, ni heridas ni tempestad, os impidan cumplir mi ruego. De nuestro triunfo depende la suerte de Inglaterra.

–Me comprometo solemnemente a obedeceros.

–Está bien –siguió el herido. Milord, el duque os dará más instrucciones. Si le obedecéis con diligencia, seréis hombre afortunado... Ahora, acercadme esa lámpara para que escriba unas letras que os servirán de carta de presentación ante él.

Lord Foxham redactó una corta nota, dirigiéndola a «mi honorable primo sir John Hamley». Después escribió otra, ésta sin dirección alguna.

–Ésta es para el duque –dijo al entregarla a Dick–. El santo y seña es «Inglaterra y Eduardo»; y la respuesta, «Inglaterra y York».

–En cuanto a Joanna, milord...

–El rescatarla y desposaros con ella, sólo a vos os atañe –respondió lord Foxham–. En las dos misivas os señalo como mi pretendiente favorito, pero lo demás os incumbe personalmente, joven Shelton. Ya veis cómo intenté ayudaros, y quizá por ello perderé la vida. ¿Qué más puedo hacer?

El herido comenzaba a sentirse muy cansado, y Dick, guardándose los preciosos papeles, le animó con nuevas esperanzas y salió del camarote para que reposara.

---

[1] En la época que describe esta novela, Ricardo Crookback (el Jorobado) no podía ser ya duque de Gloucester. Sin embargo, para mayor claridad, y con la venia del lector, así seguiremos llamándole.

Ya comenzaba a despuntar el día, y estaba nevando. La tierra se veía muy próxima, con rocosos promontorios y pequeñas calas arenosas y, al fondo, ya lejos, las montañas de Tunstall, pobladas de bosques. El barco, cada vez más pesado, apenas conseguía levantarse por encima de las olas. Lawless continuaba firme en el timón. Ya muchos hombres se arrastraban por cubierta, mirando a la inhóspita costa con aire triste y mohíno.

–¿Podremos abordar? –preguntó Dick al viejo timonel.

–Sí –respondió aquel valiente–, a menos que antes nos vayamos al fondo.

En aquel momento, una ola rompió sobre el buque, que apenas se pudo alzar. Pudo oírse con terrible claridad cómo el agua se precipitaba ruidosamente en la cala, y hasta el mismo Richard se sintió impresionado.

–¡Por la Santa Misa! –exclamó, cogiendo el brazo de Lawless–. ¡Creí que esta vez nos hundíamos sin remedio!

Sin esperar a más, Greensheve, Hawksley y algunos hombres más, se dispusieron a romper el puente para construir una balsa. Dick se les unió, esforzándose por no pensar en el peligro que amenazaba al barco y a sus ocupantes.

Poco después, al levantar la mirada, vio que estaban muy cerca de un rocoso promontorio, cuya cima estaba casi en la vertical del puente del bague. En lo más alto del acantilado se levantaba una casa.

El «Buena Esperanza» se encontraba entonces en una pequeña ensenada de aguas algo menos violentas, aunque el oleaje seguía sacudiendo al barco como a un juguete. De pronto, una ola lo lanzó con gran estrépito sobre un banco de arena, donde encalló, bamboleándose de un costado al otro, hasta quedar prácticamente clavado en la arena.

–¡Dad gracias al Cielo, compañeros! –gritó el alegre Lawless–. La marea está bajando ya, y dentro de una hora podremos llegar a tierra a pie seco. Mientras, sentémonos y bebamos un trago.

Barrenaron un tonel. Los pasajeros, resguardándose como podían de la nieve, del viento y de las olas, bebieron para calentarse y recobrar ánimos.

Dick, ya tranquilo, corrió junto a lord Foxham. El choque contra el banco arenoso había derribado la lamparilla, apagándola. El agua había invadido ya el camarote, y el herido, solo en medio de la oscuridad, se sentía angustiado por la incertidumbre. Desde la misma puerta, Richard le tranquilizó:

–¡No temáis nada, milord! –le dijo–. Los santos nos han protegido. El buque ha encallado en un bajío de arena, la marea está bajando, y pronto podremos llegar a pie hasta la costa.

En efecto, una hora después había bajado la marea, y los hombres pudieron abandonar el «Buena Esperanza». Ya en tierra firme, vieron un grupo de campesinos que, desde lo alto de una pequeña colina, miraban con desconfianza a los recién desembarcados.

–Ya podían acercarse y ofrecernos ayuda –comentó Dick.

–Puesto que ellos no vienen –respondió Hawksley–, vayamos nosotros a ellos. Milord necesita buen fuego y cama seca.

Pero apenas habían dado unos pasos en dirección a la colina, cuando recibieron una nube de flechas.

–¡Atrás! ¡Atrás! –gritó lord Foxham–. ¡Que nadie responda!

–¡Quietos! –le apoyó Greensheve, sacándose un dardo que se había clavado en su peto de cuero–. Cansados y heridos como estamos, poco podríamos hacer... Pero no me lo explico. ¿Qué les ocurre, para que disparen sobre unos pobres compatriotas que además se encuentran en apuros?

–Nos toman por piratas franceses –le aclaró lord Foxham–. En estos tiempos de turbulencias continuas, Inglaterra no puede guardar sus propias costas; y nuestros viejos enemigos, a los que antes perseguíamos por tierra y por mar, ahora piratean a su placer, robando, incendiando y matando a mansalva... ¡Qué baldón para nuestro pobre reino!

Los campesinos continuaban observándoles atentamente, y hasta les siguieron más de una milla cuando los náufragos se dirigían hacia las colinas más próximas. Al llegar a un camino real, Dick reunió a los hombres disponibles y les formó en orden de batalla. Entonces, aquellos celosos guardianes de las costas inglesas desaparecieron, sin duda para volver a sus hogares.

Ya estaban satisfechos: habían protegido sus granjas, sus familias y su ganado. Y no les importaba que los supuestos asaltantes devastaran a sangre y fuego el resto de Inglaterra; los náufragos podían irse en paz.

LIBRO IV

El disfraz

CAPÍTULO PRIMERO

La madriguera

El lugar por donde Dick había salido al camino real no estaba lejos de Holywood y distaría nueve o diez millas de la ciudad de Shoreby. Una vez llegados a aquel punto, y después de asegurarse de que los labradores no les seguían, las dos tropas que formaron la desgraciada expedición decidieron separarse.

Los hombres de lord Foxham se llevaron a su señor a la abadía de Holywood para, allí, ser curado de sus heridas y reponer sus fuerzas, muy menguadas tras aquellos días de peligros y angustias. En cuanto desaparecieron, el joven Shelton se encontró solo con una docena de sus rebeldes.

Todavía furiosos por su fracaso, por las heridas recibidas y los peligros que habían corrido, gruñían y miraban a su capitán con ojos huraños. Dick repartió entre ellos el contenido de su escarcela y les felicitó por su valentía, aunque en su interior hubiese preferido reñirles por su poltronería y sus torpezas. Luego los envió, solos o en parejas, a la taberna de «La cabra y la gaita». En cuanto a él, escogió como compañero a Lawless, que tan bien se había portado en la aventura del «Buena Esperanza».

Ya no soplaba el viento, pero seguía nevando y todo el paisaje aparecía cubierto por una espesa capa de nieve, que ocultaba los menudos accidentes del terreno y dificultaba la ruta que pretendían seguir. Caminaron cosa de una milla a través del bosque, yendo Lawless delante, como un perro de caza cuando sigue el rastro, mirando a los troncos de los árboles y confirmando el camino casi a cada paso. Por último llegaron a una encrucijada en medio de un bosquecillo de robles viejos y nudosos.

Lawless, que parecía muy satisfecho, se detuvo y dijo alegremente:

–Ahora, master Richard, si no despreciáis la hospitalidad de un pobre diablo que no es gentilhombre ni siquiera buen cristiano, puedo ofreceros una copa de vino y un buen fuego que harán revivir el tuétano de vuestros helados huesos.

–¿Qué me dices, Will? ¿Una copa de vino y un buen fuego?... ¡Por la Santa Misa! ¡Si creí que ya nunca podría ver esas dos cosas!

Lawless se adelantó por debajo de las ramas de los corpulentos árboles, y se dirigió resueltamente hacia una especie de excavación medio cubierta por la nieve. Una espléndida haya crecía en el borde y se inclinaba sobre él, con parte de las raíces fuera de tierra. El antiguo franciscano apartó unas malezas de las muchas que rodeaban el hoyo, y desapareció sin saber cómo.

Cuando un violento huracán casi desarraigó la vieja haya, arrancando buena parte del césped, a Lawless se le ocurrió excavar allí una madriguera. Las raíces hacían de vigas, de tejado el césped todavía intacto, y las paredes y el suelo las proporcionó la misma tierra. Por tosco que fuese aquel refugio, una chimenea ennegrecida por mil fuegos, que había en un rincón, y un cofre con refuerzos de hierro que aparecía en otro, indicaban que aquel era el escondite de un hombre y no la madriguera de un animal salvaje.

Parte de la nieve amontonada en el exterior había caído en el suelo de la caverna, pero pronto comenzó a caldearse, después de haber encendido Lawless una hermosa hoguera. Entonces, tendiendo sus manos a las llamas, dijo a Richard:

–Aquí tenéis el cubil del viejo Lawless. ¡Quiera el cielo que no lo descubra ningún sabueso!... He paseado mi barriga por muchos países desde que abandoné mi abadía a los catorce años, después de robar una cadena de oro y un misal, que vendí por cuatro marcos. Estuve por toda Inglaterra, Francia y Borgoña, y hasta llegué a España; he navegado también por mares y océanos... Pero aquí está mi patria y mi casa, y éste es el hogar al que siempre vuelvo, en invierno o en verano, llueva o ventee, y aquí desearía morir, en mi hogar.

–En verdad –asintió Dick–, es un escondite abrigado y seguro.

–Tanto, que se me rompería el corazón si alguien lo descubriera. Pero veamos mi bodega, porque quiero obsequiaros con el buen trago prometido.

Lawless escarbó en el arenoso suelo, y no tardó en sacar de él una bota de piel de regular tamaño, llena de vino generoso y dulce. Los dos compañeros bebieron largamente, y después se tumbaron delante del fuego, cuyo suave calor les reconfortaba y producía una sensación de intimidad.

–Master Shelton –dijo a poco el aventurero–, acabáis de sufrir un par de fracasos, y estáis a punto de perder a vuestra dama. ¿No es así?

–Es muy cierto.

–Entonces, escuchad a un viejo loco que ha curtido mucho mundo y siempre ha visto las cosas de cerca... Os preocupáis demasiado por los asuntos ajenos, master Dick. Estáis sirviendo a Ellis Duckworth, pero él sólo desea vengarse de sir Daniel; servís también a lord Foxham, que tendrá buenas intenciones, desde luego, pero que también irá a lo suyo... ¿No sería mejor que os ocuparais de lo vuestro? ¿Por qué no vais sin rodeos hacia la señorita? Hacedle la corte para que no os olvide, estad dispuesto siempre, y en cuanto se presente la primera oportunidad, ¡con ella al arzón!

–Sí; todo eso es cierto... Pero ten en cuenta que ella debe estar ahora en la misma mansión de sir Daniel.

–Entonces, con ir allí, en paz.

Dick le miró sin acabar de comprenderle, y el tunante continuó diciendo, con tono seguro:

–Sé muy bien lo que propongo. Mirad lo que hay aquí.

Se levantó, sacó del cuello una llave, y abrió su cofre de roble. De él sacó un hábito de fraile, un cíngulo de cáñamo y un rosario de madera tan pesado que bien pudiera servir de arma.

–Eso es para vos –dijo–. Ponéoslo.

Cuando Dick se vistió aquel ropaje religioso, Lawless sacó lápices y colores de maquillar, y comenzó a desfigurar hábilmente el rostro del muchacho. Le espesó las cejas y el bigote, y con unos trazos en torno a los ojos le cambió la expresión de la mirada. En unos instantes, el joven monje había envejecido varios años.

–Cuando haga lo mismo conmigo –dijo el pícaro–, formaremos una pareja de frailes como no habrá otra mejor. Después iremos sin miedo a casa de sir Daniel, y allí nos recibirán con brazos hospitalarios, por amor a nuestra Santa madre, la Iglesia.

–¿Cómo podré pagarte?

–Callad, hermano, y no os preocupéis por mí, que sé cómo cuidarme. Si algo me falta, pido, y lo hago tan bien como la campana de un convento; y si el pedir me falla, con coger, todo arreglado.

Aunque a Dick no le gustaba aquel aspecto del aventurero, no pude contener la risa. Luego siguió admirándole al verle cómo se disfrazaba también de fraile. Por último se sorprendió al ver cómo guardaba, debajo del hábito, un pequeño haz de flechas negras.

–¿Para qué las cogéis, si no tenemos arco?

–¡Ah! –replicó Lawless, con tono ligero–. Antes de que salgamos sanos de esta aventura en que nos vamos a meter, sin duda habrá alguna cabeza o algún espinazo rotos. Si alguien cae, quiero que el honor de la victoria recaiga en nuestra comunidad. Una flecha negra, master Dick, es el sello de nuestra abadía, algo así como nuestra firma.

–Veo que sois precavido, y ahora he de serlo yo. Quisiera esconder unos documentos, preciosos para mí y para quienes me los confiaron, y será mejor que no los lleve encima. ¿Dónde los puedo guardar?

–Voy a salir un momento, a cantar un par de canciones. Mientras, enterrad esos papeles donde os plazca, y después alisad la arena de modo que no se note el sitio.

–No lo haré –exclamó Dick–. Tengo confianza en ti; sería muy ruin obrando como dices.

–Hermano mío –respondió el forajido, ya desde la entrada de la caverna–, sois demasiado inocente. No me tengo por traidor, y soy suficientemente valeroso para arriesgar mi vida por un amigo en peligro... Pero también soy ladrón de oficio, por naturaleza y por costumbre. Si viese vacía mi barriga y seco mi gaznate, os robaría. Eso es tan verdad como que os quiero, os admiro, y me llamo Lawless. ¿Está claro, mi joven señor?

Y dicho esto, se alejó, taconeando torpemente y haciendo chascar sus enormes dedos.

Una vez solo, después de asombrarse de las veleidades de su compañero, Dick sacó los documentos, los examinó otra vez, y los enterró. Se quedó con uno que no podía comprometer a sus amigos pero que, si llegaba la ocasión, le sería útil para desenmascarar a sir Daniel: la carta que el mal caballero escribió a lord Wensleydele, y que había encontrado sobre el cuerpo del mensajero Throgmorton.

Hecho aquello, apagó los últimos tizones de la hoguera y salió de la madriguera para unirse a Lawless, que le esperaba debajo de unos robles. Al verse frente a frente y vestidos de aquel modo, los dos rompieron en alegres risas.

–Sin embargo –gruñó luego el viejo aventurero–, quisiera comprobar la calidad de mi disfraz, mirándome en las aguas de un estanque. Varios hombres de sir Daniel me conocen, y si adivinan quiénes somos, quizá vos podríais explicaros; pero a mí me colgarían sin más, bien alto y corto, en el primer árbol que encontraran.

Se pusieron en camino hacia Shoreby, siguiendo los linderos del bosque. Más de una vez pasaron por delante de pequeñas granjas y de míseras casitas, poco menos que escondiéndose. Pero de pronto, Lawless se detuvo ante una de ellas.

–Hermano Martín –dijo, con voz inconfundiblemente monástica–, entremos en casa de estos pobres pescadores y pidamos limosna... *¡Pax vobiscum!...*

Se detuvo para lamentarse, ya con voz normal:

–Sucedió lo que temía: ¡he perdido el tono justo, y no he gemido bastante!... Con vuestro permiso, master Shelton, me gustaría probar nuestros disfraces antes de arriesgarnos en casa de sir Daniel... Es importante saber muchas cosas, pero hay que hacerlas bien. Si no hubiese sido buen marino, nos hubiéramos hundido en el «Buena Esperanza»; de no ser buen pintor, os hubiera pintado mal el rostro; y de no cantar mucho con el coro y comer mucho en la mesa del convento, hasta los perros nos ladrarían por farsantes.

Dicho esto, Lawless se acercó a la ventana de la casa de labor, y miró a través de las rendijas extremando las precauciones.

–¡Perfecto! –exclamó–. Vamos a ponernos a prueba sin peligro, y además le tomaremos el pelo al hermano Capper.

Entraron en la casita. En la gran cocina que hacía de vestíbulo, sentados en torno de una mesa, estaban tres hombres de la Flecha Negra, comiendo vorazmente. Los puñales clavados sobre el tablero, y las feroces miradas que lanzaban los dueños de la casa probaban a las claras que su festín se debía más a la fuerza que a la hospitalidad.

Al ver entrar a los recién llegados, se volvieron hacia ellos de malos modos, y John Capper les ordenó que se fueran:

–¡Aquí no queremos mendigos! –gritó.

Lawless, que hasta entonces se mostraba en actitud suplicante, les fulminó como un predicador en Semana Santa.

–¡Estáis malditos! –clamó, con su potente voz–. ¡Que los santos me guarden de beber en vuestra compañía!... Pero con todo, aquí os dejo una piadosa reliquia.

Y al decirlo, sacó de su hábito una flecha negra, la arrojó con fuerza sobre la mesa, donde quedó clavada y, volviéndose, abandonó la casa, seguido de Dick. Capper y sus compañeros, desconcertados, no tuvieron tiempo para hacer un gesto ni para pronunciar una palabra.

Ya en el campo, donde la nieve continuaba cayendo, Lawless exteriorizó su alegría con unas fuertes risotadas.

–Ahora, master Shelton –dijo–, ya hemos probado nuestros disfraces. Ya puedo acompañaros adonde queráis.

–¡Entonces, adelante hacia Shoreby!

CAPÍTULO 2

En casa del enemigo

La residencia de sir Daniel en Shoreby era una casa de grandes dimensiones, con los muros enlucidos y blanqueados y la techumbre de bálago trenzado. Detrás del edificio se extendía un huerto poblado de frutales, dominado por la torre de la abadía.

En el gran patio central reinaba el bullicio. Se escuchaba el ruido metálico de las armas y el continuo patalear de los caballos; en la cocina, los hornillos crepitaban alegremente, y la vasta estancia en donde se apretujaban trovadores y danzantes, soldados, juglares y saltimbanquis, bordoneaba como una colmena. Cuando deba una fiesta, sir Daniel rivalizaba en prodigalidad con lord Shoreby, y eclipsaba en ostentación a lord Risingham.

Pero con fiesta o sin ella, no había huésped que no fuese bien recibido, ya se tratase de titiriteros o de jugadores de ajedrez, de vendedores de medicinas y perfumes, o de monjes y peregrinos. Cualquiera podía restaurar sus fuerzas en la mesa inferior, y dormir, todos mezclados, en el amplio desván o en los bancos del largo comedor.

Una tarde, poco después del naufragio del «Buena Esperanza», las despensas, las cocinas, las caballerizas y las cocheras que ocupaban dos costados del patio estaban llenas de gente en continuo ajetreo. Unos llevaban la librea azul y morado de sir Daniel, y los demás, extraños a la mansión, eran en su mayoría forasteros indefinidos; atraídos a la ciudad por necesidades, o empujados por la codicia, eran recibidos en la casa por razones de política y porque así se acostumbraba en aquella época.

La nieve, el frío extremado y la proximidad de la noche se sumaban para mantenerlos bajo un techo protector. El vino, la cerveza y el dinero corrían en abundancia; algunos se habían tendido en la paja del granero para seguir jugando, y no pocos seguían ebrios desde la comida. A los ojos de un hombre moderno, el conjunto daría la impresión de una casa tomada por asalto; para un contemporáneo, era un espectáculo habitual en la mansión de un noble en época de fiestas.

Dos frailes recién llegados, uno joven y otro viejo, se calentaban aquella tarde ante el fuego encendido, en el rincón de un cobertizo. El mayor de los dos entabló en seguida una conversación tan animada y cuajada de chistes, que el grupito que le rodeó al principio fue muy pronto una abigarrada multitud que se apretaba para mejor escucharle.

El fraile más joven –el que tenía cierto parecido con Richard Shelton–, se había sentado en segundo término y aprovechó la ocasión para alejarse discretamente del grupo. Su mirada no cesó de vigilar las entradas a la casa, y de pronto fueron atraídas por una pequeña comitiva que, franqueando el gran portalón de la calle atravesaba el patio en diagonal y se dirigía a la parte noble de la mansión.

Dos damas, envueltas en ricos abrigos de pieles, abrían la marcha; detrás seguían dos camaristas, y cerraban el paso cuatro hombres de armas, que se quedaron al llegar a la puerta para retirarse en seguida. Cuando desaparecieron,

Dick salió del cobertizo y se deslizó por entre la muchedumbre de holgazanes, siguiendo la huella del cortejo.

«La mayor de las dos damas –se dijo– debe ser lady Brackley. Si es así, Joanna no puede estar muy lejos».

Las damas, siempre seguidas por sus camareras, subieron los peldaños de una escalera de roble pulimentado, seguidas de cerca por Dick. El día estaba acabando, y la casa era tan oscura que en cada rellano lucían dos antorchas, sujetas a sus anillas de hierro, y a lo largo de los corredores una lamparilla brillaba ante cada puerta.

Allí donde estaban abiertas, pudo ver las paredes tapizadas y los suelos esterados o reluciendo al resplandor de los fuegos de leña. Dos pisos había dejado atrás, y en cada descansillo la dama joven se había vuelto a mirar con interés al monje. Pero él, con los ojos bajos y afectando los graves modales que le correspondían, no pudo darse cuenta de que le había llamado la atención. Al llegar al tercer piso, la pequeña comitiva se dividió; la supuesta lady Brackley tomó el pasillo de la derecha, seguida por las dos doncellas, y la dama joven siguió subiendo, sola ya.

Dick saltó rápidamente hasta aquel rellano, y escondiéndose en un rincón siguió con la vista a las tres mujeres que, sin volver la cabeza, avanzaban por el corredor. En aquel momento sintió que una mano se posaba en su hombro; lleno de sorpresa y de miedo, cogió fuertemente aquella mano, volviendo impensadamente la vista. Su sorpresa no pudo ser mayor: frente a él, aterrorizada y temblorosa, estaba la joven dama cubierta de pieles.

Dick la soltó, mientras se excusaba:

–Perdonadme, señora –dijo–. No tengo ojos en la espalda, y no pude adivinar que era una dama quien me cogía.

La muchacha continuó mirándole, pero su rostro ya no expresaba miedo sino asombro y recelo. Dick, que seguía atento a aquellos cambios, se sintió inquieto por su seguridad; entonces volvió a cogerle la mano, y con la mayor soltura posible le sonrió mientras decía:

–Hermosa dama, permitid que bese vuestra mano, en prueba de que habéis perdonado mi rudeza, y después me marcharé.

–¡Qué extraño monje sois! –replicó ella, mirándole con ojos penetrantes, ya tranquila pero suspicaz–. En todas vuestras palabras se transparenta un seglar, un gentilhombre. ¿Qué hacéis aquí? ¿Por qué vais tan sacrílegamente disfrazado? ¿Venís como amigo o como enemigo?... ¿Y por qué espiabais a lady Brackley como un ladrón?

–Señora –respondió Richard–, de una cosa podéis estar segura: no soy un ladrón. Ciertamente, he venido aquí un poco como enemigo, pero nunca de unas nobles y bellas damas. Por lo mismo os suplico que me dejéis marchar. Sabed que con un solo grito que dieseis, ya sería hombre muerto. Y no puedo creer que seáis tan cruel.

–¿Sois acaso un espía? ¿Un yorkista?

–Soy partidario de York y, en cierto modo, también un espía. Pero lo que me trajo a esta casa nada tiene que ver con York ni con Lancaster. Pongo mi vida en vuestras manos al decirlo, pero confieso que soy un enamorado y que mi nombre...

La damita, bruscamente, había puesto la mano sobre los labios de Dick. Y después de mirar rápidamente en todas direcciones, le arrastró con ágil paso hacia el piso superior, mientras decía:

–¡Silencio!... ¡Venid, conmigo, y ya os explicaréis más tarde!

Recorrieron un pasillo, y antes de recobrarse de su desconcierto, Dick se vio empujado por la damita dentro de una cámara tan lujosa como las que vio de paso, en el segundo piso, y en la que también ardía un hermoso fuego. Una vez allí, haciéndolo sentar casi a la fuerza en un taburete, le habló con burlona autoridad:

–Quedaos ahí y obedecedme. Vuestra vida está en mis manos, y no sentiré escrúpulos para abusar de mi poder. Mirad mi brazo, me habéis maltratado cruelmente, diciendo que no sabíais que era una doncella. ¡De haberlo sabido, a lo mejor alzáis vuestro cinto contra mí!

Tras decir estas palabras, salió de la estancia, dejando a Dick dudando si estaría viviendo un sueño. Acudió a su mente el recuerdo de una noche en el bosque, y creyó ver de nuevo el cuerpo tembloroso de Matcham, mirándole con ojos suplicantes. Pero un ruido que llegaba de la habitación vecina le volvió a los peligros del momento.

Era como un apagado rumor de pasos, y también algo como un rozar de telas, cada vez más cercano. Se levantó entonces, al mismo tiempo que se abría una puerta. Una mano levantó la colgadura que la cubría, y entró Joanna Sedley, con una lamparilla en la mano.

Iba vestida con suntuosos ropajes de invierno, unas sedas gruesas y de cálidos colores, y sus cabellos, peinados graciosamente hacia arriba, la coronaban como una diadema. Ella, tan pequeña dentro del traje de John Matcham, aparecía ahora con la esbelta apostura de un joven sauce; ella, tan falta de gracia entonces, atravesó la estancia como si despreciase la ingrata tarea de andar.

Sin un estremecimiento, sin un temblor, alzó la lámpara y contempló al joven fraile.

–¿Qué hacéis aquí, hermano? –preguntó–. Temo que os habéis equivocado. ¿A quién buscáis?

Ya estaba dejando la lamparilla en una consola, cuando Dick le respondió, con voz ahogada:

–¡Joanna!... Dijiste que me amabas, y ahora veo que estaba loco...

–¡Dick! –gritó ella entonces–. ¡Dick!

Y el muchacho, estupefacto, sintió cómo aquella hermosa damita le echaba los brazos al cuello y le cubría el rostro con apasionados besos.

–¡Dick, tonto! –le decía, mientras–. ¡Mi querido Dick!... Estropeé tu maquillaje, pero lo arreglaremos después...

En seguida, cambiando de tono y de expresión, añadió:

–Lo que no puede remediarse, es mi boda con lord Shoreby.

–¿Ya es cosa decidida?

–Para mañana, antes de mediodía, y en esta iglesia... Mientras suenen las campanas, John Matcham y Joanna Sedley dejarán de ser tales los dos al mismo tiempo. Ni lágrimas ni oraciones pueden ya evitar ese fin miserable... Mi buen Dick, si no puedes raptarme antes de mañana, besémonos por última vez y digámonos adiós.

–¡No, Joanna! ¡No perdamos las esperanzas!... Cuando sólo eras para mí John Matcham, ¿no levanté una partida de valientes y me arriesgué a todo por recobrarte? Ahora, cuando te veo como eres en realidad, la más hermosa y más noble damita de Inglaterra, ¿crees que voy a cambiar?

–Está bien –dijo secamente ella, en uno de sus bruscos arranques–. Ya veo la importancia que das a un traje.

–¡No es eso, Joanna! –protestó Dick–. No era solamente el traje. Pero entonces ibas disfrazada, lo mismo que ahora yo, y dime, ¿no tengo una figura ridícula? ¿No te parezco un bufón?

–La verdad es que sí –convino Joanna, ya sonriente.

–Pues tú también, en los bosques... ¡En cambio, ahora!

Así habrían seguido toda la noche, con las manos juntas y mirándose a los ojos, si no hubiera aparecido la otra damita, con un dedo sobre los labios:

–¡Santo Dios, qué ruido estáis haciendo! ¿No podéis hablar en voz baja?... Y ahora, Joanna de los bosques, ¿cómo vais a agradecer a vuestra amiga que os trajera a este enamorado galán?

Por toda respuesta, Joanna fue hacia ella y le dio un cálido beso.

–¿Y vos, caballero? –siguió la damita, dirigiéndose a Dick.

–Señora –respondió él–, bien quisiera pagaros en la misma moneda, si me atraviese.

–Acercaos, que os lo permito.

Pero el joven Shelton, rojo como una amapola, se limitó a besarle la punta de los dedos.

–¿Os da miedo besarme en la cara, señor galán?

El muchacho la besó en las mejillas, sin mucha efusión, lo que hizo exclamar a la desenvuelta damita:

–Vuestro enamorado, Joanna, es muy tímido delante de vos; pero os aseguro que cuando lo encontré se portó mucho más animoso: tengo el brazo cubierto de moraduras... Pero, decidme, ¿ya os habéis contado lo que os habíais de contar? Porque este fiero paladín tiene que marcharse ahora mismo.

Los dos protestaron que nada se habían dicho aún, que la noche apenas había comenzado, que no querían separarse tan pronto...

–¿Y la cena? –les interrumpió la damita–. ¿Os habéis olvidado de que hemos de bajar al comedor?

Joanna lo había olvidado; en efecto, quería seguir olvidándolo, y discutió con su amiga hasta que intervino Dick con una proposición:

–Escondedme detrás de un tapiz o dentro de un arca y nos veremos después de la cena... Pensad, hermosa señora, que quizás ya no nos volvamos a ver.

La hermosa señora se ablandó ante aquellas palabras, y cuando sonó el gong llamando a la cena, situó a Dick pegado a la pared, entre dos tapices que le permitían respirar mejor y hasta atisbar la estancia.

Apenas se había instalado en su escondite, cuando le hizo estremecer un ruido de pasos que se oía en el corredor. La puerta se abrió en seguida, y apareció por ella un horrible enano, vestido con la librea de lord Shoreby. Sus ojillos huronearon por todos los rincones de la cámara, a la que dio varias vueltas, palpando a veces los tapices. Sólo por milagro escapó Dick a sus exploraciones.

Después de detenerse un momento, se decidió a mirar por debajo de los muebles; al fin, decepcionado por no encontrar nada sospechoso, se dispuso a salir con el mismo sigilo que entró. Pero ya cerca de la puerta, se inclinó rápidamente al suelo y recogió un pequeño objeto. Lo examinó un instante y luego, con gestos de satisfacción, lo guardó en su escarcela.

Dick se sintió desfallecer, porque lo que el enano había encontrado era una borla de su cíngulo. Seguramente el repugnante hombrecillo se apresuraría a dar cuenta de su hallazgo a lord Shoreby, con las consecuencias que eran de prever... Casi estuvo tentado de salir del escondite y quitar al espía el objeto comprometedor.

Todo vacilaba, cuando le llegó desde la escalera una voz ronca, como de borracho; poco después, unos pasos inseguros y pesados sonaron en el mismo pasillo, y la voz comenzó a cantar. «¿Qué hacéis, alegres camaradas? ¿Qué hacéis en los verdes bosques?»... Sin duda era Lawless que deambulaba, ebrio perdido, por toda la casa, quizá buscando un rincón donde digerir su vino.

El enano, hasta entonces quieto y aterrorizado, pareció tranquilizarse al advertir que sólo se trataba de un borracho. Entonces, con agilidad felina, se acercó a la puerta y desapareció.

Dick no sabía qué hacer. Por un lado, tenía que ponerse en contacto con Lawless porque aún no tenían combinado el plan para raptar a Joanna, y sin embargo habían de ejecutarlo aquella misma noche; pero si llamaba a su compañero y el espía acechaba en el corredor, la situación no tendría salida posible.

Por fin se decidió a correr ese riesgo. Saliendo de su escondite, fue a colocarse junto a la puerta, que el hombrecillo dejó sin cerrar, y desde allí hizo señas a su compañero pidiéndole que callara. Pero Lawless, con el rostro empurpurado hasta los ojos, no era capaz de comprender nada y le saludó en voz alta por su nombre.

Ya furioso, Dick saltó sobre el ex-franciscano y lo sacudía fuertemente.

–¡Animal! –le musitó amenazador a los oídos–. ¡Vas a perdernos con tus torpezas!

Pero el borracho prorrumpió en risas, y hasta quiso dar una palmada amistosa en el hombro de Dick.

En aquel momento, el oído finísimo del joven Shelton percibió un leve roce en los tapices. Saltando rápidamente, dio un zarpazo que medio rompió la colgadura y se enzarzó con el espía que allí estaba escondido. Los dos se debatieron entre los pliegues, luchando en silencio y procurando cada uno coger al otro por el cuello. Pero Dick era más fuerte, y no tardó en sujetar al enano bajo su rodilla; después, con un solo golpe de su daga, le dejó sin vida.

CAPÍTULO 3

El espía muerto

Lawless había presenciado la rápida lucha, incapaz de intervenir y, cuando Dick se levantó, el viejo rebelde todavía vacilaba sobre sus piernas y contemplaba estúpidamente el rostro del muerto.

–Tendremos suerte si nadie nos ha oído –murmuró el joven Shelton–. ¿Qué hacemos con el cuerpo de este pobre hombre?... Por lo pronto, voy a recobrar la borla que se guardó en la escarcela.

La abrió, encontrando en su interior, además de la menuda bellota y de unas monedas, una carta que llevaba el sello de lord Shoreby y que iba dirigida a lord Wensleydale. Aquel nombre despertó en Dick ciertos recuerdos, que le impulsaron a romper el sello y leer el contenido.

La carta era muy breve, pero constituía una prueba irrebatible de que lord Shoreby estaba en traidora relación con la Casa de York. El muchacho, que siempre llevaba encima con qué escribir, arrancó un trozo de la misiva y escribió en una esquina estas palabras:

«Milord de Shoreby: Vos, que escribisteis esta carta, ¿sabéis por qué ha muerto vuestro esbirro? Permitidme que os dé un buen consejo: ¡No os caséis!

Juan el Justiciero».

Después puso el papel, de modo visible, sobre el pecho del cadáver. Pero Lawless, que entonces parecía recobrar un poco de lucidez, alzó sus hábitos y, sacando una flecha de las que llevaba escondidas, clavó con ella la carta.

Dick ahogó un grito de espanto ante aquella irreverencia, pero el viejo aventurero se echó a reír:

–¿Qué os pasa? –exclamó entre hipos–. ¿No quedamos en que todos los honores han de recaer en nuestra orden?

Después, abriendo desmesuradamente los ojos y poniendo la boca como la pondría un chantre, comenzó a cantar con voz estentórea: «¡Si bebéis vino clarete...!».

–¡Cállate, imbécil! –le ordenó Dick, empujándole contra la pared–. Y si eres capaz de entender algo, óyeme esto y obedece sin rechistar. ¡Vete en seguida de esta casa! ¡Pronto!

El falso monje, ofendido sin duda por aquellas palabras, pero más por el imperativo acento con que su jefe las dijo respondió:

–¡Por la Santa Misa!... Si no me necesitáis, claro que me voy.

Y volviendo la espalda a Dick, comenzó a descender la escalera, con pasos todavía vacilantes.

Cuando el borracho hubo desaparecido, Richard regresó a su escondite detrás del tapiz. La prudencia le aconsejaba marcharse también, pero el amor y la curiosidad por ver qué sucedía pudieron más. Tuvo que esperar mucho tiempo inmóvil en su incómoda postura, y con la chimenea casi apagada, hasta percibir el ruido de los invitados, que subían la escalera.

Los primeros que desembocaron en el pasillo vieron las colgaduras arrancadas y el cadáver del enano. Llenos de horror, lanzaron desaforados gritos que alarmaron a la casa entera. Invitados y hombres de armas, damas y servidores, acudían por todas partes, y el tumulto se hizo indescriptible. Pronto llegó el mismo sir Daniel, seguido del futuro esposo de Joanna.

–Milord –dijo en seguida el caballero–. ¿Recordáis lo que os conté de esa maldita Flecha Negra? He aquí la prueba de que no os mentía... ¡Y la víctima es uno de vuestros hombres, si no robó la librea!

–¡Por la Cruz, que tenéis razón! –respondió lord Shoreby–. Y deploro mucho su muerte, porque era un buen espía, astuto como un zorro y mudo como un poste.

–¿De veras, compadre? ¿Y qué hacía en mi casa? –replicó sir Daniel–. Pero, en fin, dejémoslo, porque ya no seguirá espiando.

Un invitado dijo entonces:

–Mirad, sir Daniel. Hay algo escrito en ese papel clavado en el pecho.

–Es verdad. ¿Queréis dármelo junto con la flecha?

El caballero la estuvo mirando, pensativo por unos momentos, y después se volvió a lord Shoreby.

–Ved aquí –le dijo– la prueba de ese odio que me persigue sin descanso. Una flecha como ésta me atravesará algún día. Milord, seguid mi humilde consejo: si esos perros comienzan a seguiros el rastro, huid. Son como una enfermedad que, una vez contraída, no da tregua... Pero veamos lo que han escrito... Sí, lo que os decía. Ya estáis marcado como un viejo roble por el leñador, y nada ni nadie os librará del hacha.

Luego añadió, no sin intención:

–Pero, ¿qué habíais escrito en la carta que aquí se menciona?

Lord Shoreby arrancó el papel de manos de sir Daniel, lo leyó, y no pudo evitar un estremecimiento. Después, venciendo su repugnancia, se arrodilló junto al cuerpo del espía y registró su escarcela. Ya seguro de que estaba vacía, se levantó, con el rostro cada vez más demudado, y dijo a sir Daniel, en voz baja:

–Compadre, acabo de perder una carta de mucha importancia. Como eche mano al villano que la robó, lo colgaré sin necesidad de más proceso. Pero mientras, haced que vigilen todas las salidas de esta casa. ¡Por San Jorge, ya sobra con lo sucedido!

Los esbirros de sir Daniel fueron reforzados con los de lord Shoreby, y sin más tardanza fueron apostados centinelas en todos los alrededores de la casa y del jardín. Un destacamento de soldados invadió el gran vestíbulo, y otro ocupó el patio; por último, se puso un guardia en cada rellano de la escalera principal. Mientras, el cadáver del espía era llevado a la iglesia.

Cuando la calma quedó restablecida, las dos damitas sacaron a Richard de su escondite y le contaron con todo detalle lo ocurrido. Por su parte, él les contó la visita del enano, su peligroso hallazgo y su dramático fin. Medio desfallecida, Joanna se apoyó en la tapizada pared:

–¡Y pensar que tanto desastre no ha servido para nada! –se lamentó–. ¡De todas formas, mañana me casarán!

–Nuestra situación es crítica, desde luego –asintió el joven Shelton–. Si consiguiera salir de esta casa, aunque sólo fuese por media hora, podría impedir el casamiento. Y voy a intentarlo, cueste lo que cueste. Nadie desconfiará de un fraile, sobre todo si se comporta como tal. En caso de que me detengan, diré que voy a rogar por el alma del espía. ¿Cómo se llamaba?

–Rutter –contestó Joanna.

–La estratagema es un poco simple –añadió la joven damita–, pero quizá pueda servir.

–Y arriesgada también –concedió Dick–, pero no veo otra mejor.

–Entonces –siguió la damita–, no perdáis más tiempo. ¡Que los cielos os protejan! Pero sed prudente; no olvidéis que aquí queda una mujer que os ama, y una amiga muy sincera.

–Sí, Dick –decidió Joanna–. Márchate. ¡Mi corazón va contigo!

El falso monje pasó con tal seguridad por delante del primer guardia, que el hombre se limitó a mirarle con fijeza. Pero en el segundo rellano, el soldado puso la lanza atravesada ante los peldaños y le intimó a que dijera lo que estaba haciendo por allí.

Dick respondió:

–*¡Pax vobiscum!* Voy a rezar junto al cuerpo del pobre Rutter.

–No digo que no –replicó el soldado–, pero no podéis ir solo: está prohibido.

Se inclinó sobre la barandilla de la escalera y, antes de dejar paso a Richard, avisó al hombre que guardaba el siguiente rellano:

–¡Ahí va un desconocido!

Al pie de la escalera estaba el cuerpo de guardia, y tuvo que repetir su historia. Entonces, el jefe del destacamento señaló a cuatro de sus hombres para que acompañasen al fraile hasta la iglesia, aunque advirtiéndoles:

–Llevadlo ante sir Olivier. ¡Y no le dejéis escapar, porque en ello os va la vida!

Precedido de un soldado que llevaba una antorcha, al que seguían de cerca, a los lados, otros dos, y seguido de otro, que caminaba con el arco tendido y la flecha en la cuerda, Dick atravesó el jardín en sombras. Llegados a la puerta de la iglesia, sus guardianes dieron el santo y seña a los soldados de aquel retén, que les dejaron pasar.

La iglesia estaba débilmente iluminada por los cirios del altar mayor y por unas pocas lámparas que brillaban ante un par de imágenes y en las capillas particulares de las familias ilustres. En medio del coro, el cadáver del enano yacía en un féretro, con las manos piadosamente cruzadas sobre el pecho. Un monótono rumor de plegarias resonaba bajo las bóvedas. En los sitiales del coro se veían unas sombras encapuchadas que permanecían de rodillas, mientras un sacerdote celebraba la misa.

Cuando Dick y su escolta entraron en la iglesia, uno de los clérigos que estaba rezando se levantó, fue a su encuentro y preguntó a los soldados los motivos de su presencia en aquel sitio.

–Acompañamos a un fraile que viene a rezar por el alma del difunto –contestó uno.

–¿Un fraile? –repitió sir Olivier, pues era él.

En seguida, dirigiéndose al joven Shelton, le preguntó:

–No os esperaba, hermano mío. ¿Quién sois?

Dick, que seguía con la capucha cubriéndole el rostro, hizo una seña a sir Olivier, indicándole que se apartara de los soldados. Cuando estuvieron a una distancia suficiente para no ser oído, confesó:

–Sir Olivier, no puedo pensar en engañaros. Mi vida está en vuestras manos.

El capellán de Moat-House se estremeció, y sus gruesas mejillas empalidecieron. Reflexionó unos instantes, y luego dijo al falso monje:

–Richard, no sé lo que te trae aquí, pero estoy seguro de que te guía la intención de causarnos algún daño. Sin embargo, recuerdo que fuimos amigos, que un día me quisiste, y no te entregaré... Permanecerás aquí toda la noche y hasta después de que lord Shoreby se case y la comitiva salga de la iglesia sana y salva. Si todo marcha bien y no has urdido algún complot, podrás marcharte adonde quieras.

Después de cambiar unas palabras con los soldados, volvió hacia Dick, le cogió de la mano y lo llevó hasta el coro, haciéndole quedar en un sitial contiguo al suyo. Una vez allí el joven Shelton se arrodilló y fingió entregarse a sus devociones, aunque en realidad estaba atento a cuanto sucedía.

Así, vio cómo tres de los soldados de su escolta continuaban en la nave, sin duda a petición de sir Olivier. Se sintió cogido en una trampa muy difícil de eludir. Si las circunstancias no cambiaban, tendría que pasar la noche velando al mismo a quien mató; y, a la mañana siguiente, asistir a la boda de su amada con otro hombre.

Hizo un violento esfuerzo para sobreponerse al dolor y al desánimo, y resolvió esperar atentamente el final de su aventura.

CAPÍTULO 4

En la iglesia de la abadía

La noche entera transcurrió entre rezos y lúgubres tañidos de campanas: bien podía decirse que el espía Rutter fue generosamente velado. Sin embargo, en una ocasión sir Olivier interrumpió sus oraciones para inclinarse hacia Dick y murmurarle:

–Richard, hijo mío. Quizá vienes contra mí, pero puedo asegurarte, por la salvación de mi alma, que te enfrentas con un inocente. Es muy cierto que sólo soy un pobre pecador; pero a ti nunca te causé el menor daño.

–Creed, padre mío –respondió él con igual tono–, que no me trae ningún mal propósito contra vos. En lo que concierne a vuestra inocencia, permitid que os recuerde que ya en cierta ocasión os disculpasteis bastante mal.

–Un hombre puede ser culpable, y al mismo tiempo inocente. Es cierto que atraje a tu padre hacia la muerte, pero me vi obligado a obrar contra mi voluntad. Además, te juro que cumplí esa misión sin saber cuál era su verdadero objetivo.

–Quizá sea verdad –murmuró Dick–. Pero ved qué extraña red habéis tejido. En este momento yo soy vuestro juez y vuestro prisionero; y vos amenazáis mi vida, al mismo tiempo que me imploráis para que contenga mis iras... Ahora, seguid con vuestras oraciones; os obedezco porque no tengo otro remedio, pero no quiero que me molestéis más con vuestras disculpas.

El sacerdote exhaló un suspiro tan doloroso que llegó casi a conmover a Richard, y luego ocultó el rostro entre sus manos, como un hombre agobiado por el remordimiento. Ya no le volvió a oír, sino cuando murmuraba sus preces, mientras desgranaba las cuentas del rosario.

Entretanto, la claridad del alba iba penetrando poco a poco por las altas vidrieras, avergonzando al resplandor de los cirios. Ya no nevaba, y un rayo de sol teñía de rosada luz los muros de la iglesia. No tardaron en llegar unos hombres, que retiraron los despojos mortales de Rutter para llevarlos a su última morada. Después, las naves se fueron llenando de fieles de la ciudad que acudían a cumplir con sus devociones.

En medio de aquella sorda agitación, Dick volvió a echar una mirada exploratoria en torno suyo. Entonces se encontró con los ojos de Lawless, todavía vestido con su hábito. El viejo lo reconoció en seguida y le hizo un leve signo con la mano. Pero Dick, que aún no le había perdonado su conducta de la víspera, y que tampoco deseaba arrastrarle a nuevas desventuras, le respondió del mismo modo que se fuera cuanto antes.

El rebelde pareció comprenderle, porque desapareció detrás de una columna. Dick, aliviado, volvió a sus meditaciones; pero su descanso fue bien corto. Poco después sintió que alguien le tiraba de la manga del hábito, y vio al aventurero instalado en el sitial vecino y sumido, al parecer, en oraciones.

En aquel preciso instante, sir Olivier se levantaba y se dirigía hacia los soldados reunidos en la nave lateral. Dick pensó que si, en realidad, se habían despertado las sospechas del capellán, también Lawless quedaría prisionero en la iglesia, como lo estaba él.

–No te muevas –le susurró–. Ya estamos otra vez cogidos en el mismo cepo. ¿No oliste el peligro, al verme sentado en un sitio que no tengo derecho a ocupar? Debiste marcharte, como bien claro te decían mis señas.

–No se me ocurrió, master Dick. Yo creía que habíais recibido noticias de Ellis, y que estabais cumpliendo alguna misión.

–¿Ha regresado ya? –exclamó Richard.

–Sí. Volvió anoche, y me despachó una buena ración de correazos al verme borracho. De modo, master Shelton, que ya estáis vengado por lo de ayer. Ellis Ducksvorth es una furia para todo. ¿Sabéis que vino a galope desde Craven, sólo para impedir la boda? ¡Y seguro que la impedirá!

–Sí –respondió calmosamente Dick–. Y en ese caso, tú y yo podemos darnos por muertos. Sospechan de mí, y respondo de esa boda con mi cabeza.

–¡Por la Santa Misa! ¡Entonces, estamos perdidos!

–Todavía no. Continuemos tranquilos. No sabemos lo que hará Duckworth, y quizás haya algún modo de escapar con vida.

Callaron. A poco se oyeron, todavía lejanos, los acordes de una animada música que iba acercándose. Las campanas comenzaron a repicar alegremente, y las naves de la iglesia se fueron llenando de una muchedumbre que acudía a la fiesta, sacudiéndose la nieve de los pies y soplando los ateridos dedos.

Unos hombres de lord Shoreby hicieron calle hasta el altar mayor, empujando a la gente con sus lanzas, y las grandes puertas del templo fueron abiertas de par en par. Llegaron los músicos, en dos filas y marcando el compás sobre la nieve. Detrás seguía el cortejo; era tal la vistosidad de los trajes, el derroche de sedas y terciopelos, de pieles y rasos, de bordados y encajes, que la comitiva parecía surgir de una lujosa vidriera gótica.

Delante iba la novia, triste y pálida como el día invernal, cogida del brazo de sir Daniel y acompañada, como madrina, por la damita que protegió a Dick la noche anterior. Seguía lord Shoreby, radiante en su soberbio atavío y cojeando con su pie gotoso. Cuando entró en la iglesia y se quitó el sombrero, brilló escandalosamente un cráneo calvo y rosado.

Había llegado la hora de Ellis Duckworth.

Dick, con la mano crispada sobre su pupitre, estaba como petrificado cuando vio que unos brazos se alzaban en medio de la muchedumbre, señalando algo. Siguió la dirección que indicaban, y pudo ver cómo tres o cuatro hombres, con sus arcos tendidos, se inclinaban sobre la barandilla de una galería. En aquel preciso momento soltaron las cuerdas, y antes de que la gente comenzara a gritar habían desaparecido.

La iglesia resonó en exclamaciones de horror. Cesó la música, y aunque las campanas siguieron repicando unos instantes, alguien debió avisar y callaron también. Los oficiantes, llenos de espanto, acudieron al centro de la nave: allí, atravesado por dos flechas negras, rígido y muerto, yacía lord Shoreby. Joanna se había desvanecido. Sir Daniel continuaba en pie, trémulo de sorpresa y de rabia; tenía clavada una flecha en su brazo izquierdo y otra, que le rozó la frente, hacía correr la sangre por su rostro.

Aprovechando el estupor general, los autores de la trágica interrupción habían desaparecido por una puertecilla apartada. Pero Dick y Lawless no pudieron moverse siquiera, estorbados por la estrechez del sitio y por los clérigos y curiosos que, llenando el coro, se apretujaban en torno suyo,

Sir Olivier, pálido y lleno de horror, se levantó de su sitial y, llamando a sir Daniel, señaló con el dedo a Dick:

–¡Aquí está Richard Shelton! –gritó–. Le declaro culpable de asesinato. ¡Cogedle! ¡No le dejéis escapar, que ha jurado matarnos a todos!

Sir Daniel, tan cegado por la rabia como por la sangre que le cubría el rostro, aulló:

–¿Dónde está? ¡Qué lo traigan a rastras aquí!... ¡Por la Cruz de Holywood, ya haré que maldiga esta hora!

Retrocedió el gentío, y una tropa de arqueros penetró en la iglesia. Se apoderaron de Richard, arrancándolo materialmente del sitial, y lo lanzaron al suelo ante las gradas del presbiterio. En cuanto a Lawless, se quedó más quieto que un ratón sorprendido por el gato.

Sir Daniel, enjugándose los ojos cubiertos por la sangre, miró ferozmente a su prisionero.

–¡Por fin te cogí, traidor! –le dijo–. ¡Juro que arrancaré de tu cuerpo un lamento por cada gota de sangre que he vertido!

Luego, volviéndose a su gente, ordenó:

–¡Lleváoslo! Voy a torturarle de tal modo, que nunca olvidará estos momentos.

Pero Dick, rechazando violentamente a los soldados que iban a cogerle gritó:

–¡Santuario! ¡Santuario!... ¡Socorredme, padres míos! ¡Quieren sacarme de la iglesia!

Un gentilhombre de elevada estatura y magnífico atavío se destacó para decir gravemente:

–De la iglesia que has manchado con un crimen.

–¿Quién lo prueba? –replicó Dick–. Se me acusa de complicidad, pero nadie podrá probarla... Es cierto que yo pretendía la mano de esta dama, y que ella acogió favorablemente mis palabras. Pero eso no demuestra nada. ¿Acaso es delito amar a una muchacha y conquistar su corazón? En cuanto a lo demás que ha sucedido, libre estoy de toda culpa.

Un murmullo de aprobación recorrió las filas de los asistentes. Pero tampoco faltaron quienes seguían acusando a Richard, recordando su presencia, el día anterior, en la propia casa de sir Daniel. Los ánimos se excitaron, y hasta se oyeron algunos golpes.

Aumentando aquella confusión, sir Olivier había descubierto a Lawless, señalándolo como cómplice de Dick y fue llevado junto a su jefe después de arrancarle de su asiento. Las opiniones de la multitud continuaban divididas, no faltaban quienes intentaron ayudarle a huir, ni quienes le maldijeran y pretendían golpearle. Dick, zumbándole los oídos de aturdimiento, era como un hombre que se debate entre los remolinos de un impetuoso río.

Fue entonces cuando el personaje de elevada estatura que ya antes intervino, restableció con su formidable voz el orden y la calma.

–¡Que les registren! –ordenó–. Si llevan armas, por ellas podremos aventurar un juicio acerca de sus intenciones.

A Richard sólo le encontraron su pequeño puñal, lo que al principio se interpretó en su favor. Pero a alguien se le ocurrió desenvainarlo, y aparecieron las huellas de la sangre de Rutter. Un tremendo clamor se levantó en las filas de los partidarios de sir Daniel; y otra vez el gentilhombre de la voz enérgica les hizo callar, ahora sólo con el gesto y la mirada.

Cuando registraron a Lawless, pronto dieron con el paquete de flechas negras que ocultaba bajo sus hábitos.

–¿Qué decís de esto? –preguntó a Dick el noble señor, con tono enojado.

–Caballero –le respondió Richard Shelton–, os recuerdo que me he acogido a la santidad de este lugar. Pero vuestro continente es prueba de alto linaje, y también leo en vuestro rostro que sois capaz de piedad y de justicia. Por esas razones, y lleno de confianza, renuncio a los beneficios del santuario y me constituyo en prisionero vuestro... Me niego a dejarme llevar por ese hombre, a quien acuso ante el altar de haber asesinado a mi padre y de disfrutar inicuamente de mis tierras y mis bienes. Ya le oísteis su amenaza de torturarme antes de probar mi culpa. El honor de su señoría no consentiría que me entreguen a mi enemigo mortal, a mi opresor de tantos años. Juzgadme según la ley, y si soy verdaderamente culpable, podéis condenarme a muerte: pero a impulsos de la justicia, y no del odio.

–¡Milord! –intervino impetuosamente sir Daniel–. ¡No escuchéis a ese traidor embustero! ¿Acaso su puñal ensangrentado no le acusa?

–Caballero –respondió severamente el desconocido–, permitidme que os diga que la vehemencia de vuestras palabras os favorece muy poco.

En aquel momento, la novia volvía en sí y contemplaba la escena con ávida mirada. De pronto, se echó de rodillas a los pies del distinguido personaje para decirle:

–Milord de Risingham, escuchadme en bien de la justicia. He venido a esta boda obligada por las circunstancias. Sir Daniel me separó de los míos por la fuerza. Desde que estoy en su poder, el único que me ayudó y socorrió fue Richard Shelton, a quien ahora trata de perder. La verdad es que vino a mis habitaciones llamado por mí. Sabed que mientras sir Daniel se portó bien con él, Richard combatió a su lado y frente a los hombres de la Flecha Negra. Pero cuando su desleal tutor quiso atentar traidoramente contra su vida, huyó de aquella sangrienta casa. Yo puedo atestiguarlo... ¿En quién podía refugiarse, viéndose sin dinero y sin apoyo alguno? Si cayó entre malos compañeros, ¿a quién se debe culpar? ¿Al muchacho tratado indignamente, o al tutor que abusó de su confianza?

La damita que acompañaba a Joanna se arrodilló a su vez ante lord Risingham, y apoyó las palabras de su amiga con estas frases:

–También yo, milord y tío mío, puedo dar fe de que es verdad lo que dice Joanna Sedley. Además, me culpo de haber sido quien llevó a Richard Shelton junto a ella.

El conde había escuchado a las dos damitas sin interrumpirlas, y por un momento siguió reflexionando en silencio. Después tendió la mano a Joanna para que se levantara, aunque no empleó igual cortesía con la que se llamó sobrina suya. Después se volvió a sir Daniel para decirle fríamente:

–Caballero, veo que este asunto es muy complicado. Espero contar con vuestra licencia para ponerlo en claro. Os prometo que seréis satisfecho, y que se hará justicia. Ahora volved a vuestra casa y curad esas heridas.

Hizo una seña con la mano, transmitida por sus servidores, y en seguida se oyó el agudo son de una corneta. Entraron en la iglesia unos soldados que llevaban su divisa, rodearon a los dos prisioneros y emprendieron el camino hacia la puerta.

Cuando pasaban por delante de las damitas, Joanna se despidió de Dick tendiendo las dos manos hacia él. La sobrina de lord Risingham le tiró un beso, diciéndole: «¡Ánimo, valiente!»... Su gesto provocó la primera sonrisa de aprobación en quienes habían presenciado las trágicas escenas de la iglesia.

CAPÍTULO 5

El conde de Risingham

Aunque en aquella ocasión fuese el personaje más importante de cuantos había en Shoreby, el conde de Risingham se alojaba muy modestamente en casa de un gentilhombre que vivía a la entrada de la ciudad. La guardia que vigilaba la entrada de la mansión y los caballeros y correos que salían y entraban continuamente en ella, eran las únicas señales indicadoras de que allí moraba un gran señor.

Por esa falta de espacio, Dick y Lawless fueron encerrados en la misma habitación y podían hablarse con entera libertad. En cuanto se vieron solos, el viejo aventurero se apresuró a decir a su jefe:

–¡Qué bien habéis hablado en la iglesia, master Richard! Os doy las gracias de todo corazón. Aquí estamos en buenas manos y se nos juzgará con todas las garantías. No cabe duda de que esta noche nos colgarán a los dos del mismo árbol.

–Por desgracia, así lo creo también, amigo mío.

–Sin embargo, aún nos queda una posibilidad de salir de esta situación. Ellis Duckworth os quiere mucho, por vos y por vuestro padre, y removerá cielo y tierra por salvaros.

–Ellis no puede hacer nada –respondió Dick–, porque sólo cuenta con un puñado de hombres... En cambio, yo mismo, si mañana pudiese acudir a cierta cita que tengo a mediodía, quizá lo arreglara todo pronto y bien.

–En resumen –concluyó Lawless–, que vos proclamaréis mi inocencia por todo lo alto, yo proclamaré la vuestra con el mismo brío, y nada servirá de nada. Pero, si me han de colgar, no será por falta de juramentos.

Dicho lo cual, Lawless, que estaba tendido en un rincón, se cubrió el rostro con la capucha y comenzó a roncar estrepitosamente. Dick admiró aquella especie de indiferencia ante la muerte, que le había embotado el sentido del miedo, y más cuando él se veía atormentado por tan sombríos pensamientos.

Ya el sol desaparecía en el horizonte, cuando unos hombres de armas fueron a buscar al joven Shelton para conducirle hasta el piso superior. Allí, en un gabinete bien caldeado, sentado junto a la chimenea, le esperaba el conde de Risingham. En su noble rostro, su habitual expresión de gravedad parecía mayor que nunca.

Apenas vio entrar a su prisionero, levantó la cabeza y le dijo con tono decidido:

–Caballero, conocí a vuestro padre, que era un hombre de honor y eso me inclinaría a ser benevolente en este caso. Pero no puedo olvidar que pesan graves cargos sobre vuestra reputación y sobre la conducta que habéis llevado en los últimos tiempos. Vivisteis rodeado de ladrones y asesinos; hay pruebas evidentes de que peleasteis contra el rey; se os acusa de haber robado un buque para piratear con él... Y ahora se os ha descubierto, disfrazado sacrílegamente, en casa de vuestro peor enemigo, donde un hombre fue asesinado aquella misma noche...

Quizás iba a continuar, pero Dick le interrumpió:

–Con vuestro permiso, milord, os ahorraré palabras confesando en seguida que soy el culpable de esa muerte; yo maté a Rutter, y he aquí la prueba: esta carta la llevaba en su escarcela.

Dick sacó del bolsillo el papel que había encontrado sobre el cuerpo del enano, y se la dio al conde.

Lord Risingham, sorprendido por aquel gesto inesperado, abrió la carta y la leyó dos veces.

–Supongo que conocéis lo que dice –preguntó.

–Sí, milord.

–Ahora, respondedme. ¿Estáis por York o por Lancaster?

–No hace mucho que me hicieron esa misma pregunta, y aunque me costó decidir, respondí que soy partidario de York. No he cambiado de opinión, milord.

El conde hizo un gesto de aprobación, y comentó:

–Habéis contestado honradamente... Siendo así, ¿por qué me entregáis esta carta?

–Porque contra los traidores –replicó Dick–, los hombres de cualquier partido estarán siempre de acuerdo.

–¡Así lo quisiera yo! –se lamentó el conde, dando un hondo suspiro.

Después, mirando a los ojos a Richard, siguió diciendo, con noble franqueza:

–Ya veo, joven Shelton, que quizás os falta madurez pero no puedo acusaros de villanía. Tanto os apruebo, que si el señor de Tunstall no fuera un hombre poderoso dentro de mi partido, intentaría ponerme de vuestra parte. Hice indagaciones, y de ellas resulta que sois víctima de grandes injusticias, y eso no deja de ser una excusa. Pero daos cuenta, caballero, de que, antes que nada, soy un jefe que defiende los intereses de la Reina. Y aunque por naturaleza me inclino hacia la justicia y prefiero pecar por clemencia, considero que mi partido está por encima de cualquier sentimiento. Quiero decir con eso que haré cuanto pueda por seguir con el apoyo de sir Daniel.

–Milord –dijo entonces Richard, que había comprendido muy bien la última frase–, perdonad mi atrevimiento y permitidme que os dé mi opinión. ¿Estáis muy seguro de que os interesa conservar a sir Daniel en vuestro partido? ¿Estáis muy seguro de su lealtad?... Todos saben con qué intolerable frecuencia ha cambiado de campo. ¡Quién sabe si no lo hará otra vez, y precisamente cuando más falta os haga!

–¡Sí! –suspiró lord Risingham–. ¡Así van hoy las cosas en el reino de Inglaterra!... Pero sois injusto con sir Daniel. El señor de Tunstall se mantuvo leal a la Casa de Lancaster en los últimos tiempos. Incluso cuando sufrimos los últimos reveses en estas cercanías, aguantó firme y no nos abandonó.

–Si así pensáis, milord, dignaos echar una mirada sobre esta otra carta. Quizá lo que hay escrito os haga cambiar de opinión.

Y diciéndolo, Dick le tendió la misiva que sir Daniel había dirigido a lord Wensleydale, y que llevaba encima, confiando en que le sirviera de escudo.

Así sucedió. El efecto de aquellas páginas sobre el conde fue instantáneo. Frunció el ceño, rugió como un león encolerizado y su mano instintivamente, se crispó sobre la empuñadura de su daga.

–¿También habéis leído esta carta? –preguntó.

–Sí, milord. Por lo tanto, sé que son las propias tierras de su señoría las que sir Daniel ofrece a lord Wensleydale.

–¡Mis propias tierras, decís bien! –exclamó el conde; luego añadió–: Os estoy muy agradecido por haberme mostrado las dos cartas; con ellas me dais a conocer una guarida de lobos, y me convertís en vuestro deudor. Pedidme lo que os plazca, master Shelton, y os demostraré hasta dónde llega mi gratitud. Para empezar, os devuelvo vuestra libertad: ya no me importa que seáis honrado o ladrón, de York o de Lancaster. Marchaos y por la Virgen María os prometo que nadie lo impedirá. Pero permitidme que retenga prisionero a vuestro camarada. El crimen fue manifiesto, y es justo que alguien sufra un público castigo. Por otra parte, ese bribón hace veinte años que merece la horca.

–Milord –imploró Dick–, os pido la gracia de que le perdonéis también.

–¡Es un pícaro, un ladrón y un vagabundo! ¡Es carne de presidio, y allí o en sitio peor ha de acabar cualquier día. ¿Qué más da mañana que pasado, ni qué os importa a vos?

–Milord –siguió implorando Richard–, si Lawless se metió en este avispero, fue por su amistad conmigo. Sería yo muy ruin si lo abandonase.

–Master Shelton –repuso severamente el conde–, sois muy porfiado, y ésas no son maneras para prosperar en este mundo. Sin embargo, y sólo por librarme de un importuno, os daré esta nueva satisfacción. ¡Marchaos los dos, salid de la ciudad, y que nunca os vuelva a ver!... Pero obrad con cautela: ese sir Daniel, ¡a quien Dios confunda!, sólo se saciará con vuestra sangre.

–Milord –dijo Richard–, permitidme que os exprese todo lo reconocido que os estoy. Espero que podré probarlo muy pronto, y no con palabras, sino con actos.

Y diciendo estas sinceras frases, dejó solo a lord Risingham.

CAPÍTULO 6

Reaparición de Arblaster

Cuando Dick y Lawless salieron, por una puerta falsa de la casa del conde de Risingham, comenzaba a oscurecer.

Se detuvieron unos momentos para deliberar cual sería su conducta, conscientes de que corrían graves peligros. Si les reconocía alguno de los esbirros de sir Daniel, no tardarían en ser sorprendidos y acuchillados: tenían que salir cuanto antes de Shoreby, pero al hacerlo se exponían a caer en manos de las patrullas de vigilancia.

Por último reemprendieron la marcha hacia terreno descubierto, y no tardaron en ver un molino de viento junto al cual se alzaba un granero con las puertas abiertas. Hacia él marcharon, con intención de esperar a que cerrase la noche, y se tendieron entre los montones de paja que estaban más cerca de la salida. La luna, que entonces se levantaba, no tardó en brillar sobre la nieve con una luz doblemente plateada.

Aquél era el momento más propicio para que los dos amigos salieran de su escondrijo; se dirigieron entonces hacia la posada de «La cabra y la gaita», donde podrían cambiar por otros sus peligrosos uniformes. Sin embargo, la prudencia les aconsejaba dar un rodeo a través de callejuelas, antes que pasar por la plaza del Mercado, siempre muy frecuentada, incluso a aquellas horas.

Por fin, después de volver no pocas esquinas, llegaron a la zona del puerto. Ya muchos navíos habían levado anclas, aprovechando la calma para hacerse a la mar y, en consecuencia, también las tabernas estaban casi desiertas y no salían de ellas los habituales cantos de los impenitentes contertulios.

A pesar de aquella aparente calma, los falsos monjes levantaron sus hábitos por encima de las rodillas, y echaron a correr sobre la espesa capa de nieve que cubría el suelo y les dificultaba el paso. Ya estaban relativamente cerca de su destino, cuando una puerta se abrió bruscamente, inundándoles con un torrente de luz.

Se detuvieron, adoptando la actitud de quien está en animada conversación, en el momento en que salían de la taberna tres hombres que, por la inseguridad de sus pasos, parecían haber abusado de la bondad del vino. El más corpulento de ellos se lamentó con voz excesivamente alta:

–¡Siete barriles del mejor vino de Gascuña! –dijo–. El mejor buque de Darmouth, una preciosa imagen de la Virgen María, y trece libras de oro...

–También yo, compadre Arblaster –le interrumpió otro de los hombres–, he tenido grandes pérdidas. Durante la feria de San Martín, me robaron una escarcela de piel que valía muy bien nueve peniques, y que además guardaba cinco chelines.

Al oír Dick aquellas palabras, su corazón empezó a latir desordenadamente. Se había olvidado por completo del pobre capitán a quien arruinó con la pérdida de su barco. Tal era la indiferencia con que los hombres de armas de aquellos tiempos miraban los bienes de los demás. Aquel súbito encuentro le recordó el desgraciado fin de su empresa y su duro proceder, y tanto él como Lawless volvieron la cabeza para no ser reconocidos.

Sin embargo, el perro del «Buena Esperanza» pudo sobrevivir al naufragio, volvió a Shoreby y encontró a su dueño. Ahora le acompañaba, y al ver a los dos frailes enderezó las orejas y se lanzó sobre ellos, ladrando furiosamente. Arblaster le siguió, tambaleándose.

–¡Oíd, camaradas! –les dijo–. ¿No tendríais un penique para este pobre marino arruinado por los piratas? El jueves pude invitaros a un trago, y hoy, que sólo es sábado, he de vivir de limosna. Eso después de poseer el mejor barco de Darmouth y de haber luchado como un héroe contra los franceses... Preguntad a Tom, si no lo creéis... ¡Tened caridad, y dadme aunque sea un penique!

Ni Dick ni Lawless dijeron palabras, temiendo que sus voces les traicionaran, y tampoco se atrevían a seguir corriendo. Quizás aquella actitud despertó sospechas en Tom, porque se acercó a ellos, cogió del hombro al fraile más viejo, y le preguntó entre juramentos, por qué no se dignaba contestar a su capitán. Creyéndose perdido, Lawless le tiró al suelo de un tremendo puñetazo, y echó a correr, gritando a Dick que hiciera lo mismo.

Pero el muchacho no tuvo tiempo de reaccionar. Arblaster lo cogió, sujetándole, mientras que Tom, desde tierra, se le agarraba a un pie, y el otro marinero blandía un largo machete sobre su cabeza. Dick no se revolvió, y no por el peligro en que se hallaba, sino por la profunda humillación de haber escapado de sir Daniel y de lord Risingham, para caer en manos de un viejo borracho. Pero un viejo ante quien su conciencia le dejaba impotente.

–Llevémosle a la taberna –dijo el capitán–. Quiero verle bien la cara.

–¡Nada de eso! –replicó Tom–. Primero vaciemos sus bolsillos, antes de que los otros pidan su parte.

Registraron a Dick concienzudamente, no encontrando sobre él ni un mísero penique: pero sí el anillo con el sello de lord Foxham, que le arrancaron brutalmente del dedo en que lo llevaba. Arblaster se hizo cargo de él; después, con su tozudez de borracho, ordenó a su marinero:

–Vuelve su cara a la luna, que yo la vea.

Tom, cogiéndole de la barbilla, levantó la cabeza de Dick.

–¡Por la Virgen de Burdeos! –exclamó el capitán–. ¡Si es nuestro pirata!... ¡Si casi no lo puedo creer!... ¡Ah ladrón, por fin te tengo! ¿Qué hiciste con mi barco?... Tom, tráeme una cuerda; vamos a atarlo bien atado, y luego le daremos una buena paliza.

Se la llevaron al instante, y a medida que iba arrollándola al cuerpo de Dick, con la habilidad propia de los marinos seguía insultándole, y a cada nudo que hacía le zarandeaba con una fuerte sacudida. Cuando terminó, Richard no era más que un fardo inerte, tan indefenso como un cadáver. El capitán se echó a reír, y le asestó un puñetazo en la cabeza; después le volvió a un lado y a otro, asestándole puntapiés y bofetadas sin la menor piedad

Cansado de su cruel juego, le dejó caer sobre la arena y se unió a sus compañeros para deliberar qué harían. Dick, pasados los primeros momentos de rabia, había recobrado su sangre fría. Se dijo que aquella era su única posibilidad de defensa, y maquinó un plan que quizá le permitiese salir de tan indigna situación. Entonces, sacando fuerzas de flaqueza, les habló con voz firme y serena:

–¿Os habéis vuelto locos? –comenzó diciéndoles–. El cielo os proporciona una magnífica ocasión para hacer fortuna, una fortuna que no lograríais en treinta viajes, y la despreciáis. ¡Todo lo que se os ocurre, es portaros como niños y pegarme!... ¡Por la Santa Misa, cómo me equivoqué! Creí tratar con verdaderos marinos, sin miedo al agua ni al fuego, con buenos amigos del oro, y me encuentro con unos cobardes...

–Ya veo tu juego –le interrumpió Tom–. Ahora que estás bien atado, pretendes engañarnos.

–¿Engañaros?... Si fuerais tontos, me sería fácil. Pero con gente astuta, que sin duda ha pensado ya de dónde salió el dinero para cierta expedición, y se ha preguntado qué buscaban... En fin: vosotros veréis lo que más os interesa.

–Me parece –dijo entonces el otro hombre, un tal Pirret–, que este joven tiene razón. ¿Y si le escucháramos, compañeros?

–A fe mía –respondió Arblaster–, de buena gana me tomaba una jarra de cerveza. Desgraciadamente, mis bolsillos no pueden estar más vacíos.

–Yo pagaré, compadre –dijo Pirret–. Me gustaría poner las cosas en claro, porque me parece que aquí hay oro a nuestro alcance... Levantad al muchacho. Conozco un sitio tranquilo donde podríamos hablar sin que se nos moleste.

–Pero como sigáis bebiendo, estamos perdidos –dijo Tom.

–¡Vamos, muchacho, no temas, que todo se arreglará!

–¡Como queráis! –cedió Tom–. Yo me lavo las manos.

Aunque remolón, el marinero ayudó a levantar a Dick, quien se quejó:

–¿Cómo queréis que ande, atado de este modo?... Soltadme los pies, por lo menos.

–¡Pues tiene razón! –dijo Pirret, echándose a reír–. Cortemos las ligaduras de abajo. Dame tu cuchillo, compadre.

Arblaster se negaba tozudamente a ceder, pero por fin accedió: Dick simulaba tan perfectamente su indiferencia, que se dejó convencer. Después de cortar las ligaduras de las piernas, le llevaron precisamente a la taberna donde Lawless condujo al capitán el día de la tormenta. Estaba desierta, pero un buen fuego ardía en la chimenea, y los cuatro hombres se sentaron ante una mesa, a la que habían llevado sus jarras de cerveza.

–Ahora, joven –dijo Pirret–, te escuchamos. Sé que engañaste malamente a mi compadre, pero si le das ocasión para rehacer su fortuna, estoy seguro de que te perdonará.

Hasta entonces, Dick había hablado un poco a la ventura; sin embargo, no tenía más remedio que urdir cualquier historia, cuanto más larga y complicada, mejor. Como no tenía mucha imaginación, ni el momento se prestaba a brillantes invenciones, se le ocurrió contar el cuento de Alí-Babá; casi no hizo otro cambio que situar el cuento, no en los fabulosos países de Oriente, sino en Shoreby y en los bosques de Tunstall.

Todos saben que ese cuento maravilloso es muy bueno pero tiene un defecto: sólo es un cuento. Pero aquellos inocentes marineros lo escuchaban por primera vez, con los ojos tan desorbitados y las bocas tan abiertas como besugos en la pescadería. Pronto pidieron una segunda jarra, y luego una tercera...

Mientras ellos medio se adormecían por efecto de la bebida, Dick conseguía poco a poco soltarse el brazo derecho de las ataduras, ya flojas desde que le cortaron las de los pies. Entonces, como también llegaba al fin de su cuento, decidió jugarse el todo por el todo. Pirret le había preguntado:

–¿Estás seguro de que podrás cumplir lo que prometes?

–¡Pues claro que sí!... Hasta hoy sólo pude llevarme un saco de oro, porque estaban los otros. Pero entre nosotros cuatro y un burro, volveremos derrengados por el peso del botín.

Pirret se humedeció los resecos labios antes de seguir desvaneciendo sus pocas dudas:

–¿Y cuáles son esas palabras mágicas?

–Sólo las conocen los tres jefes... Pero esta noche tenemos la suerte de que yo pude coger un amuleto capaz de abrir la puerta.

–¿Un amuleto? –dijo el capitán, a quien aquella palabra había despertado vagamente–. *Vade retro!...* Yo soy buen cristiano, y si no, preguntad a Tom...

–¡No os preocupéis! –le tranquilizó Richard–, que esto es magia blanca y nada tiene que ver con el diablo.

–Claro que sí, compadre –corroboró Pirret–. En esa magia no hay pecado... Pero continúa, muchacho. ¿En qué consiste ese amuleto?

–Os lo enseñaré en seguida. ¿Dónde está el anillo que yo llevaba cuando me cogisteis, capitán?... ¡Ése!... Ponedlo bien a la luz de las llamas. ¡Fijaos en él!

Con una ojeada, se había asegurado de que tenía libre el camino de salida. Arrebató la sortija de las manos de Arblaster, y al mismo tiempo derribó la mesa, echándola sobre Tom, que cayó de espaldas y quedó aturdido. Los otros dos, ofuscados tanto por el alcohol como por la sorpresa, no tuvieron tiempo de hacer el menor movimiento. En un abrir y cerrar de ojos, Dick salió hacia la puerta y huyó, amparándose en la oscuridad de la noche.

Tom y Pirret no tardaron en seguirle, dando gritos. Pronto fueron saliendo marineros de las otras tabernas cercanas, y se lanzaron en persecución del falso monje. Pero en el siglo xv el marinero era ya mal corredor, y pronto Dick aumentó su ventaja del principio. Sin embargo, como el tumulto crecía, y temiendo que acudiese alguna patrulla, se ocultó en la rinconada de un portal, y esperó.

No tardó en pasar frente a él una parte de la horda que le perseguía, gritando y gesticulando. Muchos de aquellos hombres, bien cargados de alcohol, corrían penosamente sobre la nieve; si un marinero resbalaba y caía, los de atrás tropezaban con él y daban también en el suelo... De ese modo, y durante un buen rato, la estruendosa multitud siguió buscando a Dick, que se cuidaba mucho de moverse.

La calma de la noche fue más perturbada aún cuando los marineros, ya desesperados, registraron la ciudad, alborotando alguna calle. No tardaron en surgir pendencias entre ellos y las patrullas de guardia. Salieron a relucir los cuchillos, y fueron utilizados de tal modo, que a la mañana siguiente se encontró más de un cadáver sobre la nieve.

Una hora más tarde, el último marinero regresaba al barrio del puerto; aún seguían gruñendo y jurando, pero ya todos habían olvidado a quién perseguían y por qué. Cada uno dio su versión, y al otro día circularon por la ciudad las historias más extravagantes. Incluso se llegó a decir que, aquella noche, el diablo en persona visitó Shoreby. Y para muchos fue artículo de fe.

Dick tuvo que esperar a que las patrullas le dejaran campo libre. Ya la noche estaba muy avanzada cuando, por fin, pudo salir de su escondite y volver a «La cabra y la gaita». Una vez allí, buscando camino a tientas, a través de la sala oscura y fría, se envolvió en una manta y se quedó profundamente dormido.

LIBRO V

El jorobado

CAPÍTULO PRIMERO

La trompeta estridente

Al día siguiente, Dick se levantó al romper el alba. Se despojó del disfraz que tantos disgustos le había proporcionado y, armado como un caballero, dejó la taberna para encaminarse hacia la madriguera de Lawless. Iba a buscar los documentos de lord Foxham que allí tenía escondidos, para después dirigirse a la Cruz de Saint-Bride, donde antes de mediodía debía realizarse su entrevista con el duque de Gloucester.

Estaba, pues, justificado que madrugara a pesar de su cansancio. La helada era más fuerte que nunca, y el aire, persistente y seco, cortaba el rostro. La luna ya había desaparecido, pero aún brillaban muchas estrellas y la nieve resplandecia, blanquísima. En aquel ambiente nítido, frío y silencioso no se sentía tentación de detenerse.

Llegaba a una pequeña colina entre Shoreby y el bosque, no lejos de la Cruz, cuando, rompiendo la tranquilidad de la mañana, se oyó el sonido de una trompeta, tan claro y tan agudo, que pensó que nunca había escuchado nada parecido. Sonó después por dos veces más, la segunda como precipitadamente, y en seguida se percibió el metálico sonido de armas al chocar unas con otras.

Al oír el ruido de los aceros, el joven Shelton se alertó y, desenvainando su espada, corrió a lo más alto de la colina. Allí, a pocos pasos de la Cruz, unos desconocidos se batían furiosamente. Un solo hombre hacía frente a siete u ocho asaltantes; pero se defendía tan diestramente y con tan viva agilidad, que antes de que Dick pudiese intervenir, ya había matado a un adversario y herido a otro, manteniendo a raya a los demás.

–¡Aguantad un poco más, caballero! –le gritó, mientras corría–. ¡Voy en vuestra ayuda!

Y nada más llegar, se precipitó al combate, acometiendo por retaguardia a los asaltantes. Eran unos soldados de sólida complexión y, sin duda, cargados de experiencia, porque el nuevo atacante no pareció alterarles demasiado. Sin embargo se revolvieron contra Dick con verdadera furia; los aceros centelleaban a la pálida luz del alba, y las chispas saltaban como otras estrellas.

Uno de ellos cayó, tocado sin que el joven Shelton se diera cuenta, pero casi al mismo tiempo sintió un golpe en la cabeza; y aunque el casquete de acero que llevaba debajo de la capucha le protegió de herida, tuvo que dar con la rodilla en tierra, y casi perdió el sentido.

Cuando llegó al combate, el hombre a quien Dick ayudaba aprovechó unos segundos de confusión para saltar hacia atrás y lanzar al aire un nuevo grito de su estridente trompeta. Después continuó peleando con renovado ardor y nuevo coraje, acometiendo y esquivando, saltando, hiriendo, manejando indistintamente espada y daga, con el mismo incansable valor y presteza.

Su llamada debió ser oída, pues poco más tarde, con gran alivio para el aturdido Dick, aparecieron por todas partes hombres de armas a caballo, forrados de hierro y con la visera baja. Corrían lanza en ristre, y llevaban a la grupa a una especie de escuderos que inmediatamente echaron pie a tierra y se sumaron al combate.

Viéndose cercados por un enemigo tan superior en número los asaltantes arrojaron sus armas, sin decir nada.

–¡Prendedme a esa gente! –ordenó el caballero de la trompeta estridente.

Cuando su orden fue ejecutada, se acercó a Dick y le miró fijamente al rostro. Él le devolvió la mirada, y quedó sorprendido, recordando el vigor con que luchó, al encontrarse frente a un joven no mayor que él[1], de rostro pálido y tristemente amargado, cuyos hombros parecían deformes por ser uno más alto que el otro. Pero sus ojos eran hermosos y expresivos.

–Caballero –dijo el desconocido–, habéis llegado muy a tiempo: ni demasiado pronto, ni demasiado tarde.

–Milord –respondió Dick, seguro de que hablaba con un alto personaje–, manejáis tan hábilmente la espada, que igual hubieseis triunfado sin mi ayuda. En cuanto a mí, me siento dichoso de que vuestra gente no haya tardado más.

–¿Cómo supisteis quién soy?

–Todavía no sé con quién hablo, milord.

–¿Es posible?... ¿Y a pesar de ignorarlo, os habéis lanzado de cabeza a una lucha tan desigual?

–Vi que un hombre solo se defendía valientemente del ataque de varios, y me hubiese creído deshonrado de no acudir en su ayuda.

Una burlona sonrisa se dibujó en el rostro del joven señor.

–¡Qué hermosas palabras! –dijo–. Pero vayamos a lo esencial... ¿Sois de York o de Lancaster?

–Milord, estoy por los de York.

–¡Por la Santa Misa! ¡Qué suerte habéis tenido!

Después, dirigió de nuevo la mirada a los prisioneros como si entonces los recordara, y dirigiéndose a alguien de su escolta, le ordenó con expresión cruel:

---

[1] Richard Cookback seía realmente, mucho más joven en aquella fecha.

–Colgadme a esos honorables caballeros.

Sólo quedaban cinco del grupo asaltante. Unos arqueros los llevaron hasta las lindes del bosque, y momentos más tarde sus cuerpos se balanceaban, pendiendo de otros tantos árboles. La orden del gentilhombre se había cumplido en pocos minutos, sin que mediaran más palabras.

–Ahora –siguió ordenando el joven jefe–, volved a vuestros puestos. Y espero que seréis más diligentes la próxima vez que os llame.

–Milord –le dijo uno de los caballeros–, yo os suplicaría que no os quedéis solo aquí. Podía quedar de guardia un pequeño destacamento...

–Amigo mío –le cortó el jefe–, me parecéis más hábil en las palabras que con la lanza. Aunque esté jorobado, sé defenderme muy bien por mí mismo. Será mejor que no lo olvidéis.

Y al decirlo, le despidió con un ademán desdeñoso de su mano.

Cuando quedó solo con Dick, su gesto era muy otro:

–Ya habéis visto –dijo– que mi venganza es tan rápida como mi espada. Pero por nada de este mundo quisiera que me creyeseis ingrato. Vos me socorristeis..., si es que mi joroba no os repugna, venid sobre mi corazón.

Y abrió los brazos, tendiéndolos hacia su salvador. Dick que en su fuero interno ya temía y detestaba a quien acababa de ayudar, no podía ser tan descortés ni tan cruel para rechazar su invitación, y acudió a abrazarle.

–Ahora milord –dijo, al separarse–, ya puedo preguntaros. ¿Estoy en lo cierto al creer que sois milord el duque de Gloucester?

–Sí: soy Richard de Gloucester. ¿Y cuál es vuestro nombre?

–Me llamo Richard Shelton.

Y al decirlo, enseñó al duque el anillo de lord Foxham, que el de Gloucester reconoció en seguida.

–Habéis llegado antes de lo convenido –dijo entonces–, pero no puedo quejarme de ello. Sois como yo, que dos horas antes de levantarse el sol ya vigilaba estos lugares... Hago aquí mis primeras armas, Shelton, y sobre el resultado, bueno o malo, de esta aventura, se fundará mi reputación. Mis dos enemigos son capitanes hábiles y astutos: Risingham y Brackley. Creo que su posición es fuerte, pero les he cortado todas las retiradas posibles; no son muchas, ya que están acorralados entre el puerto, el río y el mar... Me parece que por aquí hay un buen golpe posible, y que podíamos intentarlo contando con el beneficio de la sorpresa.

–Estoy de acuerdo con vos –exclamó Dick.

–¿Traéis las notas de lord Foxham?

Dick explicó al duque que precisamente iba a buscarlas cuando se encontró con el desigual combate, y terminó con estas palabras:

–Sin embargo, estoy seguro de daros unas informaciones tan exactas como las suyas. También me permito opinar, señor duque, que si tenéis bastantes hombres deberíais atacar ahora mismo. Está amaneciendo, y las patrullas nocturnas se habrán retirado ya, no suelen sustituirlas durante el día, y sólo unos pocos hombres a caballo recorren las afueras de la ciudad. En estos momentos, pues, cuando los guardias de la noche se retiran a descansar, y los del día están desarmados aún y con el primer vaso en la mano, ¿por qué no arremeter contra ellos?

–¿Cuántos son? –preguntó el duque.

–No llegarán a dos mil.

–Yo tengo setecientos en el bosque, y otros setecientos, procedentes de Kettley, están al llegar. Más tarde espero a otros cuatrocientos. Por último, lord Foxham tiene quinientos en Holywood... ¿Esperamos a que lleguen, o nos ponemos en marcha?

–Milord –respondió Dick–, vos mismo resolvisteis la cuestión haciendo colgar a esos cinco desgraciados. Eran unos meros soldados, ciertamente, pero sus compañeros pronto notarán su desaparición y darán la voz de alarma... Por lo tanto, milord, si queréis contar con la sorpresa, en mi modesta opinión sólo disponéis de una hora.

–Así lo creo yo también –asintió el duque de Gloucester–. Dentro de poco, joven Shelton, os veréis peleando y tengo por seguro que ganaréis las espuelas de caballero... Voy a enviar un correo a Holywood, con el anillo de lord Foxham, y otro al camino real de Kettley para dar prisa a los remisos. ¡Por la Santa Cruz, Shelton, creo que podemos intentar el golpe!

Dichas estas palabras, se llevó a los labios la estridente trompeta, que sonó más agudamente que nunca. En pocos instantes, el espacio que se abría en torno a la Cruz de Saint-Bride se llenó de jinetes y de hombres de armas. Un cuarto de hora más tarde, Richard de Gloucester se ponía al frente de aquella formidable tropa y marchaba en dirección a Shoreby.

Su plan era sencillo. Consistía en apoderarse de uno de los barrios de la ciudad, situado a la derecha del camino real, y hacerse fuerte allí, aprovechando el dédalo de estrechos callejones, hasta que llegasen los refuerzos. Si lord Risingham optaba por retirarse, el duque le perseguiría por la retaguardia, y le cogería entre dos fuegos; si prefería continuar en la ciudad, quedaría cogido en una trampa y vencido poco a poco por la superioridad numérica de las tropas de York.

Sólo había un peligro, pero tan grave como inmediato: Los setecientos hombres de Gloucester podían ser arrollados y destrozados en los primeros encuentros. Para evitar esa contingencia, la sorpresa debía ser lo más completa posible, y no había tiempo que perder. Los infantes subieron de nuevo a la grupa detrás de los jinetes, y Dick tuvo el señalado honor de cabalgar a continuación del propio duque.

Mientras marcharon a cubierto, las tropas avanzaban con las máximas precauciones y, al llegar a los últimos árboles que bordean el camino, se detuvieron para reconocer mejor el terreno. En el fondo del valle cubierto de nieve, la pequeña ciudad se despertaba perezosamente; era como un campo de tejados blancos con remates rojizos, y las columnas de los humos matinales azuleaban bajo los primeros rayos del pálido sol invernal.

Gloucester se volvió a Dick para decirle:

–En esa pobretona ciudad, donde las gentes se disponen a desayunar, vais a ganar vuestras espuelas..., o a morir. Por mi parte, en este sitio comenzaré ante los ojos del mundo una vida llena de honores, de poder y de gloria, o desapareceré para siempre... Los dos nos llamamos Richard, ¿no es cierto? Pues yo os digo: ¡Richard Shelton, que se hable de nosotros! ¡Que nuestras espadas suenen tan fuertemente sobre los yelmos de nuestros enemigos, como nuestros nombres en los oídos de las gentes!

A Dick le sorprendió tan vehemente sed de fama, expresada con tanta pasión en la voz y en las palabras. En cuanto a él, y a pesar de la proximidad del combate, continuaba sereno. Así, contestó reposadamente al duque diciendo que sin duda cumpliría con su deber, y terminó el breve parlamento con estas frases:

–Si todos cumplen como yo, estoy seguro del éxito de la batalla.

Mientras, las tropas estaban organizadas y dispuestas a enfrentarse con el enemigo.

El duque de Gloucester se irguió sobre su montura y levantó la espada. El ejército entero emprendió el galope, descendió por las laderas de la colina levantando un clamor de trueno, y se lanzó por la nevada llanura que se extendía a las puertas de Shoreby.

CAPÍTULO 2

La batalla de Shoreby

La distancia que había que recorrer no pasaría de un cuarto de milla; pero en cuanto la tropa salió del abrigo de los árboles, la gente emprendió la huida a campo traviesa, y en la ciudad se levantó un gran clamor cada vez más ruidoso. Aún no habían llegado a las primeras casas, cuando las campanas comenzaron a tocar a rebato.

El duque rechinó los dientes. Al advertir tan prontas señales de alarma, temió encontrar prevenido al adversario y sabía que, en ese caso, sus hombres podían ser exterminados en la llanura. Pero los de Lancaster estaban muy lejos de esa posibilidad. Ocurría lo que Dick previó, y en todo Shoreby quizá no hubiera cincuenta hombres dispuestos para dar batalla.

Así sucedió que, cuando Richard Gloucester llegó a los primeros edificios, encontróse en la entrada de la calle a un simple grupo de lanceros, que barrió antes de que intentaran defenderse. La furiosa avalancha de los suyos continuó adentrándose en la ciudad, y Dick avisó al duque. Sonó la trompeta estridente, dando un toque convenido, y la caballería, como un solo jinete, giró hacia la derecha.

Sin detener la galopada, irrumpieron por una bocacalle y recorrieron la estrecha callejuela; sólo veinte jinetes quedaron guardando la entrada, después de que sus arqueros echaran pie a tierra y asaltasen las casas de ambos lados para situarse en ellas. El resto de los yorkistas siguieron adelante.

Sorprendidos por el cambio de dirección, y acobardados por la firmeza de aquella posición de retaguardia, los pocos hombres disponibles de Lancaster dieron media vuelta y se internaron en la ciudad. El barrio que se había asignado Gloucester estaba en sus manos, y no tardó en recorrerlo. Lo formaban cinco callejuelas que ocupaban una suave eminencia, y las traseras de las casas daban directamente al campo. Dispuso fuertes retenes, y colocó algunas fuerzas de reserva en el centro de la barriada, fuera de tiro pero muy cerca de los lugares donde más duros serían los combates.

El mismo duque estableció su cuartel general en una pobre posada, que lucía como muestra un tablero de ajedrez. Apenas descabalgado llamó a Dick, para encomendarle la defensa de la calle principal, diciéndole:

–Aquí vais a ganar vuestras espuelas, Richard Shelton. Conseguid gloria en mi servicio, haciendo que un Richard ayude a otro. ¡Podéis iros!

Al decirlo, le estrechó fuertemente la mano. Pero aún no había desaparecido el joven capitán, cuando se volvió a un arquero de pequeña estatura que solía acompañarle de cerca, y le ordenó:

–Dutton: sigue a ese caballero. Si se porta fielmente, responderás de su vida, cabeza por cabeza. Pero si me traiciona, no vaciles en atravesarle por la espalda.

Dick se apresuró a fortificar sus dominios. La callejuela que le habían encomendado era muy estrecha, pero desembocaba en la plaza del Mercado, y sin duda en ella se decidiría el final de la batalla. Mandó sacar de las primeras casas, abandonadas como las otras, los muebles y enseres necesarios para levantar una sólida barricada. Dejó allí un fuerte destacamento, y el resto de sus cien hombres se apostó en las ventanas, donde podían disparar sus flechas manteniéndose a cubierto de las enemigas. Ya no le quedaba sino esperar el ataque.

No tardó en calmarse la confusión y el indescriptible tumulto que reinaban en la ciudad. Restablecida la calma, los hombres de armas comenzaron a reunirse en torno de sus jefes, y a disponerse en orden de batalla. Los que ocupaban la plaza del Mercado llevaban los colores de Brackley, y Dick no tardó en divisar a sir Daniel al frente de sus tropas.

Hubo entonces una gran pausa, casi en silencio. Después se oyó el simultáneo sonar de cuatro trompetas, cuyas notas llegaban de los cuatro barrios de la ciudad. Un quinto toque respondió en el Mercado, y en seguida las filas de soldados emprendieron el avance, al mismo tiempo que una granizada de flechas caía sobre la barricada que obstruía la calle defendida por Dick.

Ya no cabían dudas sobre el plan de batalla. Gloucester era atacado por cinco sitios a la vez, de modo que el joven capitán sólo podía contar con sus cien hombres. Por fortuna parecían seguros, y aguantaron sin desmayar siete descargas de flechas que se sucedieron casi ininterrumpidamente. En aquellos momentos, Dick sintió que alguien le tocaba en el brazo, y vio a un pequeño arquero que le tendía una cota de gruesa piel, reforzada con brillantes planchas de acero.

–De parte de milord –dijo–. Ha visto que sir Richard estaba sin defensa y me ha mandado con ella.

Dick se sonrojó al oírse llamar sir. Se puso apresuradamente la cota, reincorporándose, sin perder tiempo, al combate. Dos flechas chocaron contra las planchas sin causarle daño, y una tercera derribó al arquero, levemente herido. No pudo atenderle, porque los de Lancaster, lanzando grandes gritos, se disponían al asalto de la barricada, mientras sus caballeros, lanza en ristre y con la visera baja, esperaban el momento de seguir a los infantes.

Dick dio orden de responder, y desde las ventanas de las casas partieron nubes de flechas mortíferas; pero los que no caían entablaron sangrientas luchas cuerpo a cuerpo, mientras intentaban destruir la barricada. Ya amenazaba con desplomarse, cuando las trompetas de sir Daniel llamaban a los arqueros para que se retiraran, dando paso a los jinetes. La carga fue terrible; los primeros caballos cayeron pero otros acudían sin cesar, hasta que consiguieron franquear el obstáculo y se desparramaron por las callejuelas.

Sin embargo, la batalla estaba lejos de terminar. Dick y sus hombres, hachas en mano, se defendían valerosamente y, al mismo tiempo, levantaban un nuevo baluarte, amontonando, entre otras cosas, los cuerpos de los caballos y los soldados caídos. Contenidos primero, y acosados después, tanto por los peones como por los arqueros de las casas, iniciaron la retirada.

Su confusión fue mayor cuando les arrolló la desbandada de sus propios compañeros; los jinetes que consiguieron remontar la calle, habían dado con Gloucester y su reserva y retrocedieron presas de terror. Dick les cortó la retirada, sacó a los hombres apostados en las ventanas, y en pocos minutos no quedó vivo ni un solo soldado de Lancaster. Sólo entonces, levantando su ensangrentada espada, el joven capitán dio la señal de los vítores, a la que siguió un tronar de aclamaciones.

No estaba lejos Gloucester. Se apeó de su caballo para inspeccionar el puesto; en su pálido rostro, los ojos le brillaban con extraño fulgor, y cuando habló lo hizo con la voz ronca y quebrada por la emoción del combate y la alegría del éxito. Contempló la segunda barricada donde los caballos pateaban, agitados por el dolor de las heridas, y dejó escapar una sonrisa forzada.

–¡Rematad a esos caballos! –ordenó–. Veo que os impiden gozar de vuestro triunfo, Richard Shelton... Me habéis satisfecho, y no quiero aguardar. ¡Arrodillaos!

Las flechas aún llovían sobre ellos, porque los del Mercado parecían rehacerse, pero el joven duque no se preocupó por ellas. Desenvainó su espada, y allí mismo armó caballero a Richard. Cuando el muchacho se incorporó, había olvidado la ceremonia y siguió dando las órdenes necesarias para afrontar con dignidad lo que se avecinaba.

–Sir Richard –le dijo–, si veis a lord Risingham, avisadme en seguida. Como caiga por otra mano que la mía consideraré esta victoria como una derrota.

Después se dirigió a otros capitanes y marchó a inspeccionar otras posiciones, dejando a Dick dueño de la suya. Miró en torno suyo para prevenirse, aunque pensaba que, siendo casi las diez de la mañana, los refuerzos no podían tardar. Entonces se dio cuenta de que, a su lado, continuaba el pequeño arquero que le ofreció la cota.

–La lucha ha sido enconada –dijo sonriéndole–, y veo que saliste sólo con un corte en el hombro. Aún queda gente en el Mercado, pero no creo que nos ataquen otra vez.

–Sir Richard –le respondió el hombrecito–, habéis combatido muy valerosamente por los de York, y eso os valió mucho. Nunca vi que nadie ganara la confianza del duque en tan breve tiempo. Pero tened cuidado: si sois vencido, si retrocedéis aunque sea un poco, tendréis la recompensa de una cuerda... Debo confesaros, para que os sirva de ejemplo, que estoy aquí con la misión de apuñalaros por la espalda cuando hagáis algo sospechoso.

–¿Tú? –exclamó Dick, horrorizado–. ¿Y por la espalda?

–Así es. Pero como el encargo no me gusta, he preferido preveniros francamente... Nuestro jorobado es un valiente guerrero, pero exige que sus órdenes se ejecuten fielmente. Si alguien le falla o le estorba, puede darse por muerto. No conoce la piedad.

–¡Por la Santa Misa! –exclamó Dick–. ¿Y cómo siguen los hombres a semejante jefe?

–Le siguen, y gustosamente, porque si es pronto para castigar, no lo es menos para premiar. Además, si no escatima la sangre y los trabajos de los otros, hace lo mismo con los suyos. ¡Irá muy lejos el jorobado Richard de Gloucester!

El flamante caballero, aunque hasta entonces se portó valerosa y prudentemente, se prometió hacerlo mejor en lo sucesivo. Se dio clara cuenta de que aquel súbito favor del duque le traía también muchos peligros, y quiso prevenirse en seguida. Dejando al pequeño arquero, se acercó a la barricada y miró hacia la plaza. Estaba completamente vacía.

–Esto no me gusta nada –murmuró, antes de tomar sus disposiciones.

Hacía bien temiendo una sorpresa. No había pasado mucho tiempo cuando, de súbito, se abrió la puerta de una casa del final de la calleja, y desembocó por ella un verdadero torrente de arqueros. Inmediatamente se dispusieron en línea y comenzaron a disparar contra la retaguardia de Dick; a la vez, los asaltantes de la plaza, reapareciendo, volvían a sus embestidas.

Dick reunió a los suyos y les animó con la voz y la acción, dándoles ejemplo como mejor podía. Pero nuevos ballesteros de Lancaster seguían acudiendo a la calle. Ya salían de todas las casas, dando gritos de victoria, y el joven capitán empezó a darse cuenta de que perdía la ventaja tan caramente conquistada. Más aún, le pareció evidente que no podría mantenerse mucho tiempo en su sitio, punto flaco del dispositivo yorkista.

Los defensores de la calle comenzaban a desanimarse preguntándose qué pasaba con los refuerzos esperados; para animarles, Dick se puso en cabeza y ordenó un furioso contraataque. Tan vigoroso fue, que los de Lancaster cedieron terreno unos instantes; pero eran demasiado superiores en número para desbandarse, y pronto se vio Dick rodeado por todas partes. Entonces se oyeron unos toques de trompeta que venían de las afueras de la ciudad, y todo cambió en segundos.

El grito de guerra de los yorkistas salió, vibrante, de todos los pechos antes oprimidos, y los enemigos retrocedieron en desorden, buscando el refugio del Mercado. Sus trompetas daban órdenes contradictorias, tan pronto de repliegue como de carga, comenzó a cundir el pánico en las filas que se creían victoriosas.

Las reservas de Gloucester habían acudido al combate, y Dick vio al duque, batiéndose furiosamente en primera fila. No lejos de él, alto y magnífico, hacía lo mismo lord Risingham.

Con loca temeridad, haciendo gala de habilidades, Richard Shelton se abrió camino hacia él. No faltaba mucho para que se enfrentaran el famoso guerrero y el muchacho deforme, pero no dudó del resultado del combate. El duque daba pruebas del furioso brío que le haría famoso años más tarde, en la batalla de Rosworth, cuando ya estaba manchado por mil crímenes y cambió en un día el destino de Inglaterra. En torno a los dos jefes se formó un embrollado remolino de jinetes, donde apenas podía distinguirse nada, como no fuera al de Gloucester haciendo maniobrar a su caballo mientras golpeaba y hería.

Pero cuando las filas se aclararon un poco, la fornida figura del conde de Risingham había desaparecido, y Dick y el jorobado seguían sembrando la muerte en sus adversarios, lanzando a fondo a su corcel y esgrimiendo ágilmente su ensangrentada espada. Dick no pudo hacer lo que se proponía.

No mucho más tarde, gracias sobre todo al coraje y la serenidad de sir Richard Shelton, que contuvo la primera embestida, y también a la oportuna llegada de los refuerzos, la historia iba a cambiar de rumbo. Había ganado su primera victoria el joven señor que luego sería detestado por todos con el nombre de Ricardo III de Inglaterra.

CAPÍTULO 3

Saqueo de Shoreby

Dick, mientras contemplaba tristemente los restos que le rodeaban, comenzó a calcular cuánto habría costado aquella victoria. Él mismo, pasada la excitación de la batalla, se hallaba tan maltrecho y, sobre todo, tan agotado por su incesante combatir, que se sentía incapaz de cualquier esfuerzo.

Pero aún no había llegado la hora del descanso. Shoreby era ciudad abierta, y mal podía castigarse una defensa a la que fue ajena. Richard de Gloucester, por otra parte no era de los que protegía a los ciudadanos, ni quizá contase con fuerzas suficientes para contener los ímpetus de una soldadesca desenfrenada. Se acercaba, pues, el momento del saqueo, el acto más terrible tras una batalla.

Al darse cuenta de las horas difíciles que sucederían, Dick se dijo que había de encontrar a Joanna cuanto antes, si quería protegerla. Olvidó su estado deplorable, y escogiendo a cuatro soldados de los mejores, les prometió una buena recompensa y una recomendación para el duque, si le seguían. La plaza del Mercado estaba libre, pero en otras calles todavía encontraron combatientes: pequeños grupos que sitiaban una casa, en la que se defendían arrojando bancos y pequeños muebles sobre los asaltantes.

Sin detenerse ante aquellas escaramuzas, Dick y la pequeña escolta siguieron adentrándose en la ciudad. Cuando desembocaba en la calle principal, no pudo reprimir un grito de angustia. ¡Ya estaban saqueando la casa de sir Daniel! Las puertas colgaban de sus goznes, hechas astillas, y filas de soldados entraban en busca del botín, o salían, ya cargados con él.

Por un instante, la angustia le dejó paralizado. Pero pronto se recobró con nuevas fuerzas. Subió a saltos hasta el tercer piso, donde algunos criados todavía estaban resistiendo. Uno de ellos, con su librea morada y azul, fue sacado a rastras de una cámara, chillando como un ratón, y fue arrojado por la ventana. Todo estaba revuelto y destrozado; habían forzado los armarios, derribado los muebles, arrancado las tapicerías...

Una de ellas humeaba en el suelo, y Dick la pisoteó para apagarla; pero lo hacía instintivamente, porque sólo una cosa le preocupaba. Joanna, sir Daniel, sir Olivier..., todos se habían marchado, sin duda. ¿Pero a dónde? ¿Habían perecido durante la batalla, o pudieron salir salvos de Shoreby?

Detuvo a un arquero que pasaba, cogiéndole del tabardo y sin hacer caso de sus esfuerzos por soltarse.

–¿Estabas aquí cuando asaltaron la casa? –preguntó.

–Sí, pero...

–¿Conoces a sir Daniel?

–Lo conozco muy bien.

–¿Y estaba aquí cuando entrasteis?

–Estaba; pero cuando nosotros entrábamos por la puerta del patio, le vimos que salía por la del jardín.

–¿Sólo?

–Le acompañaba un grupo de caballeros, por lo menos veinte.

–¿Todos caballeros? ¿No viste a ninguna mujer?

–A fe que no. Pero si es eso lo que buscáis, os diré que tampoco había ninguna en la casa.

Dick quiso gratificar al arquero; pero su escarcela estaba vacía.

–Pregunta por mí mañana –le dijo–. Soy Richard... sir Richard Shelton. Búscame y tendrás tu recompensa.

Entonces, se le ocurrió una idea. Bajó al patio, atravesó el jardín y entró en la iglesia. Las puertas estaban abiertas de par en par, y las naves repletas de vecinos fugitivos con sus familias y sus bienes más preciados. En el altar mayor, sacerdotes revestidos imploraban la bendición divina, y las bóvedas comenzaban a retumbar con las fuertes voces que salían del coro.

Empujando una puertecilla, subió de dos en dos la empinada escalera que llevaba al campanario. Desde el último rellano de la torre, la mirada alcanzaba a ver el mar y la llanura que se extendía alrededor de Shoreby. Era casi mediodía, y bajo un cielo limpio el sol reverberaba sobre la nieve.

En el puerto no quedaba un solo buque, ni siquiera una mala barca. Los soldados de Lancaster que no encontraron sitio donde embarcar, seguían combatiendo en las callejas o se habían refugiado en los miserables edificios. Más de uno ardía en llamas, y el humo se remontaba, volando después en voluminosos pelotones hasta desvanecerse en el mar.

Por tierra, bandadas de hombres en desorden huían, a pie o a caballo, cruzando los helados campos. Unos intentaban llegar a la selva; otros, sin duda soldados de York, procuraban impedirlo, rechazándoles hacia la ciudad. Por las praderas yacía una prodigiosa cantidad de hombres y caballos, destacándose sobre la blanca nieve.

Apartando su vista de aquellas muestras del desastre, Dick fijó su atención en una importante tropa de caballeros que parecía marchar en dirección a Holywood. Eran tantos y andaban tan juntos, que podía seguirse la ancha huella dejada por sus cabalgaduras. Mientras los contemplaba, ganaron las primeras márgenes del bosque, desviándose un poco de su anterior dirección. Se destacaron un momento, con la luz de costado, y arrancaron una exclamación del muchacho:

–¡Morado y azul! –dijo, en voz alta.

Bajó de la torre como una exhalación. Necesitaba ver en seguida al de Gloucester, para pedirle los hombres necesarios y alcanzar a sir Daniel. Por suerte, no tardó en encontrarle por las callejas del puerto, dirigiendo las últimas operaciones para desalojar al enemigo de su reducto, en casas y tabernas.

–¡Bienvenido, sir Richard! –dijo el duque–. Os debo una cosa que estimo en poco, mi vida, y otra que difícilmente podré pagaros: esta victoria. No sabéis cuán dichoso me siento al veros. Si tuviese diez capitanes como vos, esta misma noche partía a la conquista de Londres... Pero ahora, caballero, pedidme la recompensa que os plazca. No temáis pecar por exceso.

–Milord –respondió Dick–, dadme cincuenta lanzas, porque mi mortal enemigo ha podido escapar, llevándose con el a la dama a quien amo y sirvo.

–¿Cómo se llama ese hombre?

–Sir Daniel Brackley.

–¿Brackley? ¡Duro con ese traidor!... Sir Richard, lo que me pedís no es una recompensa, sino un nuevo don que me hacéis. Traedme su cabeza, y tendré sobre mi conciencia otra deuda con vos... Catesby, dad esas lanzas a sir Richard. Y vos caballero, pedidme ya el favor que sea, pues de antemano está concedido.

En aquel momento, un grupo de yorkistas irrumpía en una taberna cercana, expulsando de ella a sus defensores. El duque, a quien satisfizo aquel menudo hecho de armas que había seguido desde el principio, aproximó su caballo a los prisioneros.

–¡Muy bien! –dijo, después de mirarlos–. Que los cuelguen.

Pero Dick, que contemplaba la escena, acababa de reconocer entre los cautivos a un marino alto, de pelo canoso, que se tambaleaba a causa de su embriaguez y al que acompañaba, gimiendo y saltando, un perro que no quería apartarse de él. Era el capitán Arblaster, y al cerciorarse Shelton se dirigió al duque:

–Milord –dijo, simplemente–: ya encontré mi recompensa. Dignaos perdonar la vida a ese viejo marino.

–Sir Richard –replicó Gloucester, con rostro ceñudo–, yo no hago la guerra con plumas de pavo real sino con armas de acero. Si he de matar a mis enemigos, los mato sin que intervenga el favor ni la piedad. En esta Inglaterra tan rota a pedazos, no hay un hombre entre los míos que no tenga un hermano o un amigo con los de Lancaster: si comenzara a perdonar, más valdría que envainara mi espada.

–Quizá tengáis razón, milord –insistió Dick–. Pero aun contrariando las normas aplicadas por vos en estos casos, debo recordaros la promesa que me hicisteis.

Richard de Gloucester, sofocando con trabajo su cólera respondió agriamente:

–No me gusta la misericordia, ni tampoco los que la mendigan. Hoy habéis echado los cimientos de una gran carrera; pero si seguís exigiéndome que cumpla mi palabra, os arriesgaréis a perder mi favor.

Dick se arriesgó a decir:

–Lo lamentaré mucho.

–¡Dadle su marino! –ordenó el duque.

En seguida, haciendo caracolear a su caballo, volvió la espalda a Shelton, sin la menor despedida.

Dick no se dejó impresionar ni tampoco se disgustó demasiado. Había comprendido mucho antes que no podía contar con la amistad del duque, pues el favor que le había dispensado fue excesivamente rápido para inspirarle confianza. Ahora sólo temía que le retirase la escolta prometida. Pero aquello era desconocer a Gloucester y juzgarle en menos de lo que valía; por otra parte, Dick seguía siéndole útil, pues nadie mejor que él para dar caza a su gran enemigo Brackley.

Así, gritó a Catesby que fuese más diligente, y pasados unos minutos, Richard Shelton tuvo dispuestos los cincuenta lanceros ofrecidos. Mientras, se había vuelto hacia el viejo marino, que había recibido la noticia de su libertad con la misma indiferencia que su condena a muerte.

–Arblaster –le dijo–, te causé mucho daño, pero ¡por la Santa Misa!, creo que ahora estamos en paz.

–Si tuviera todavía mi barco –respondió el capitán–, ni me hubieran detenido ni me habrían condenado a muerte: estaría muy lejos de aquí, con mi marinero Tom... Pero ya no tengo barco, soy sólo un mendigo, y un bandido de esos dio una lanzada a Tom y lo dejó tendido. «¡Mala peste!», dijo al morir. Sí: esas fueron sus últimas palabras, antes de que su alma volara.

Dick sintió el corazón extrañamente oprimido, y quiso coger la mano del viejo marino; pero el capitán la esquivó, diciendo:

–No: déjame. Ya me has hecho bastante daño.

Con las palabras quebradas en la garganta y las lágrimas asomando a sus ojos, Richard Shelton comprendía por primera vez en su vida que, una vez hecho un daño, ninguna contricción puede remediarlo. Pero aquel no era momento para estériles lamentaciones. Catesby había reunido a sus jinetes, y llegando hasta Dick, descabalgó y le ofreció su propio caballo.

–Esta mañana –dijo–, me sentí algo celoso del favor que os ha concedido el duque. Pero como no ha durado mucho os ofrezco gustosamente este buen corcel..., para que os marchéis.

–Si me soportáis un momento más, os haré una pregunta. ¿En qué se fundaba mi favor, según vos?

–En vuestro nombre –respondió Catesby–: es la gran superstición de mi señor. Si yo me llamase Richard, mañana sería conde.

–Quizá sea así y no haya más –concluyó Dick–. Muchas gracias, y sabed que no estoy tan desconsolado; el poder y las riquezas son grandes cosas, pero vuestro duque es un muchacho muy de temer.

–¡Es verdad! –sonrió Catesby–. ¡Que Dios nos guarde, y que tengáis mucha suerte!

Dick se puso en cabeza de los lanceros y emprendió la marcha. Las calles estaban sembradas de muertos y heridos; cuadrillas de soldados yorkistas iban de casa en casa, muchos ebrios y cantando; se oían golpes contra los muebles y chillidos de mujeres... El corazón del joven Shelton parecía despertar, viendo las crueles consecuencias de su propia conducta, pues había contribuido a que Shoreby quedase sumida en la más completa miseria. Luego, en pleno campo, lo que vio era muy distinto y aumentó su desesperación.

Cuando llegó al lugar donde las huellas de los jinetes abrieron calle en la nieve, caminó con más cuidado, mirando los rostros de los caídos; muchos con los colores de sir Daniel, yacían atravesados por las flechas: sin duda fueron atacados por los arqueros, y los demás se libraron espoleando a sus caballos. De pronto creyó ver, entre los muertos, una joven cuyas facciones le resultaban familiares.

Ordenó a su tropa que se detuviera y, echando pie a tierra, se acercó. Al levantar su cabeza, cayó hacia atrás el capuchón que la cubría, del que escapó una espesa mata de negros cabellos: era la sobrina de lord Risingham, que en aquel momento abría los ojos.

–¿Sois vos, valiente? –dijo, con voz débil–. Ella ya está lejos... ¡Corred! ¡No perdáis tiempo!

Cayó de nuevo, desvanecida. Uno de los lanceros le llevó un fuerte cordial, que le hizo recobrar el conocimiento. Entonces, Dick la cogió en brazos, la puso sobre su arzón, y siguió marchando hacia los bosques.

–¿Por qué me lleváis? –protestó la joven–. Con ello retrasaréis el paso. Además, no quiero deber nada a vuestro partido.

–Señora, no sabéis lo que decís. Shoreby está llena de sangre, de borracheras, de ultrajes... Además, vais herida.

–No. Fue mi caballo, que mataron...

Dick no respondió. Después de un largo silencio, ella se decidió a preguntar:

–¿Y mi tío?

–Desgraciadamente, señora, temo que le haya sucedido lo peor.

Ya no dijo nada más la damita. Mientras, la tropa de Richard Shelton llegaba al camino real de Holywood.

CAPÍTULO 4

Una noche en los bosques: Alicia Risingham

Era indudable que sir Daniel, con la gente que le quedara, se dirigía a Moat-House. Sin embargo, el espesor de la nieve y, más que nada, la necesidad de evitar los mejores caminos, no le permitirían llegar antes del día siguiente.

Dick seguía cabalgando en su persecución, al frente de sus hombres. La nieve por donde marchaban ya estaba pisoteada, lo que daba ventaja a los perseguidores. Pero pronto la pista que seguían se dividió en dos, una más ancha que la otra. Parecía que sir Daniel había despedido a buena parte de sus gentes, continuando él con una pequeña escolta.

Dick se decidió por aquellas huellas que se adentraban en el bosque; pero no mucho después vio cómo se dispersaban, trazando sendas en una docena de direcciones. Se detuvo, desanimado. Ya el día tocaba a su fin, y el sol, como una enorme naranja, se hundía detrás de los desnudos matorrales que cerraban el horizonte. Las sombras se alargaban desmesuradamente sobre la nieve, y la helada amorataba los dedos de los jinetes y arrancaba nubes de vapor al belfo de los fatigados caballos.

Limpiaron de nieve un espacio suficiente, en el centro se encendió una buena hoguera, se apostaron centinelas. Los hombres se acercaron al fuego y se repartieron las provisiones que llevaban. Una cantimplora fue pasando de mano en mano.

Dick se aproximó a la sobrina del conde de Risingham, que se había sentado un poco aparte, y le ofreció los mejores bocados que pudo encontrar Pero ella se estremeció como quien despierta de un sueño, y los rechazó con ademán displicente.

–Señora –dijo Richard–: os ruego que no os neguéis a comer. Creo que no os he ofendido en nada; y si os expongo a la inclemencia de la noche es para salvar a vuestra amiga, que quizá se encuentra en peor trance que vos... ¡Por favor, señora, comed, reparad vuestras fuerzas!

–No quiero aceptar nada de quien mató a mi tío.

–¡Os juro por la Santa Cruz que no lo toqué! –exclamó Dick, ofendido y asombrado.

–Pues juradme que no ha muerto.

–No tengo derecho a mentiros, señora, y creo que milord dejó de existir.

–¿Y queréis que acepte vuestra comida? –gritó ella–. ¡Os hacéis llamar sir, pero habéis ganado vuestras espuelas de caballero matando a mi tío... ¡Qué necia fui, además de traidora! Si no os hubiera ayudado en casa de sir Daniel, ahora seríais vos el muerto, en vez de él, que valía mil veces más que vos.

–Hice lo que pude por cumplir con mi deber de hombre, señora, lo mismo que vuestro tío hizo en otro campo. Si estuviese vivo, estoy seguro de que me alabaría, en vez de censurarme.

–Ya me lo contó sir Daniel –dijo entonces la damita, con otro veleidoso cambio de tono–. Se fijó en lo que hacíais en la barricada, y aseguraba que fuisteis vos quien ganó la batalla...

Y en seguida añadió, como conclusión natural:

–Por lo tanto, vuestra es la responsabilidad por la muerte de lord Risingham. ¿Cómo queréis que comparta vuestro pan, si aún tenéis las manos teñidas con su sangre?... Pero sir Daniel ha jurado vuestra ruina, y él me vengará.

Pasado el primer asombro, ahora Dick no podía sobreponerse a su tristeza. El recuerdo del viejo Arblaster volvió a hacerse presente, y se le escapó un suspiro de pena.

–¿Tan culpable me creéis? –preguntó a la damita–. ¿Así pensáis vos, que me ayudasteis y sois amiga de Joanna?

–Sois vos quien debe dar explicaciones. ¿Quién os metió en la batalla? No pertenecéis a ningún partido, no sois más que un muchacho, cuerpo y piernas sólo, sin pizca de juicio y de prudencia... Los que no tienen opinión ni seso, no debían manejar una espada.

–Señora –tuvo que decir Dick, cada vez más apurado–: tal como marcha el reino de Inglaterra, si un caballero pobre no pelea en un partido, tiene forzosamente que pelear en el otro... Reconozco que, en cierto aspecto, soy culpable. A veces he obrado sin reflexionar, me he mostrado demasiado impulsivo. Ya robé un barco creyendo hacer bien, y con ello causé innumerables muertes, además de arruinar a un desgraciado viejo. ¡Nunca olvidaré el rostro y la mirada de ese pobre hombre!

En efecto, le parecía verlo cuando, pocas horas antes, fingió ignorar la mano que le tendía. Su conciencia, ya dolida, parecía resentirse más con la actitud de la damita, a quien siguió diciendo:

–Esta misma mañana, ¡ya veis!, mientras combatía no pensaba sino en ganar gloria y renombre para casarme, cuando en realidad me hacía responsable de la muerte de vuestro buen tío. Tenéis razón, señora: no sirvo para nada, soy incapaz de buenas acciones. Y como debo castigarme, en cuanto acabe esta aventura ingresaré en un monasterio. Renunciaré a Joanna y al servicio de las armas, y me dedicaré a rogar por el alma de lord Risingham.

Cuando terminó su confesión y alzó los ojos para mirar a la damita, le pareció ver en su rostro menos resentimiento; hasta sonreía con una especie de ternura. Temiendo que la sonrisa fuese de burla, y no porque le hubiera salido del corazón, siguió insistiéndole:

–¿Creéis que mi penitencia bastará para redimir mis pecados?... Fijaos que lo digo el mismo día en que he ganado mis espuelas y me creí el caballero más feliz de la tierra.

–¡Qué chiquillo! –la oyó decir–. ¡No es más que un niño bueno!

Y en seguida, colmando el estupor de Dick, la damita comenzó a enjugarle las lágrimas que le caían por el rostro, producidas por un sincero arrepentimiento. Después, echándole los brazos al cuello, lo atrajo hacia ella y le besó en la mejilla.

El ingenuo muchacho no salía de su aturdimiento, y más cuando le oyó decir, ahora con evidente ternura:

–¡Vamos, comed! Sois el capitán de esta tropa, y tenéis que reponer vuestras fuerzas.

–Querida señora Risingham, más bien creo que debiera ayunar.

–Llamadme Alicia –le pidió ella–. ¿Acaso no somos ya viejos amigos?... Venid aquí; voy a comer con vos. Si lo hacéis con buen apetito, yo comeré por dos; pero si ayunáis, yo ayunaré también.

Comenzó ella dando ejemplo, y Dick, que no había comido aquel día, y que siempre disfrutó de excelente apetito, la secundó dignamente. Al principio tuvo que hacer un gran esfuerzo, pero después lo hizo con gusto creciente.

De pronto, la desconcertante Alicia le preguntó:

–¿No me admiráis así, con ropas de hombre?

Él la contempló a la luz de la luna, y vio que la damita le miraba con indudable coquetería.

–Señora... –balbució, no sabiendo cómo interpretar ni cómo responder a su nueva actitud.

–¡Vamos, caballero! ¡Miradme!... ¿Os parezco fea?... ¡Vamos, decid!

–Quizás os encuentre un poco pequeña...

–¿Pequeña? –le interrumpió Alicia, riendo alegremente–. Decidlo con toda la valentía de que sois capaz: soy minúscula, una enana, o poco menos... Pero, aparte de eso, ¿qué os parece mi rostro? Es bonito, ¿verdad?

–Encantador, quizá demasiado bello –dijo él, esforzándose en vano por parecer desenvuelto.

–¿Y creéis que un hombre pudiera ser dichoso casándose conmigo? –volvió a acosarle la damita.

–¡Muy feliz, señora!

–¿Por qué no me llamáis Alicia?

–Sí, Alicia.

–Así está mejor... Entonces puesto que sois un caballero que ha matado a mi tío, o por lo menos como si lo hubiera matado, me debéis una reparación. ¿No es así?

–Ciertamente, señora.

–Está bien. Por mi parte, he reflexionado y estoy segura de que haríais un mal fraile. Y ya que puedo disponer de vos como me parezca, consiento en tomaros por esposo.

Dick intentaba protestar, pero ella cortó sus palabras:

–¡Callad! –le ordenó–. Es de justicia que vos, que me habéis privado de un hogar, me procuréis otro. En cuanto a Joanna, será la primera en aprobar el cambio, estoy segura. Siendo tan buenas amigas, ¿qué importa que os caséis con una o con otra?

–Señora –comenzó a rebelarse Richard–, ingresaré en un convento, si tal os place. Pero nadie me obligará nunca a casarme con otra mujer que Joanna Sedley... Perdonadme que os diga tan francamente mis pensamientos: pero cuando una doncella es demasiado audaz, un hombre está obligado a serlo más todavía.

La risa de Alicia sonó como un cantar de cascabeles.

–¡Dick, chiquillo bueno! –le dijo–. Venid a besarme, como premio por tan hermosas palabras. No temáis; me besaréis en nombre de Joanna, y yo le devolveré el beso, en cuanto la vea, diciéndole que lo había robado... En cuanto a vuestra deuda conmigo, ahora creo recordar que no estabais solo en la batalla. Quedad tranquilo, que os tengo por bueno, tierno y honrado. Si algo pudiese envidiar a Joanna, sería vuestro amor.

CAPÍTULO 5

Una noche en el bosque: Dick y Joanna

Cuando los caballeros estuvieron bien descansados Dick ordenó que se apagara el fuego. Mientras los hombres volvían a sus sillas, él trepó a la rama más alta de un gran roble, desde la que se alcanzaba a ver muy lejos sobre el extenso bosque envuelto en su manto de nieve. Al suroeste estaban los montuosos terrenos cubiertos de brezos, donde cierto día Joanna y él se encontraron con el falso leproso. En aquellos parajes se destacaba el resplandor rojizo de una hoguera, sin duda los dominios de sir Daniel.

Se reprochó no haber subido antes al observatorio, porque de hacerlo hubiese ganado tiempo y, sobre todo, no se habría expuesto a revelar su presencia, haciendo hogueras él también. Como fuera, ya no debía perder un instante. Le separaban del campamento vecino un par de millas, pero para llegar a él tenía que atravesar un barranco muy escarpado, impracticable para los caballos...

Dick prefirió abandonarlos, con una pequeña guardia, y marchar a pie; era el único modo de ganar tiempo, y sus gentes se mostraron de acuerdo. Alicia marchaba valientemente a su lado; los hombres, desembarazados de sus pesadas armaduras y de sus lanzas, caminaban a buen paso bajo la pálida luz de la luna. El descenso del barranco se hizo con buen orden.

Faltaría media milla para llegar al campamento de sir Daniel, cuando Dick ordenó a sus hombres que se detuvieran para preparar el ataque. En medio de la soledad del inmenso bosque, los menores ruidos podían oírse desde muy lejos, y de pronto, Alicia levantó la mano para reclamar silencio mientras se inclinaba al suelo; otros la imitaron, pero nadie oyó nada sospechoso.

–Sin embargo –insistió la damita–, estoy segura de haber percibido como chocar de arneses.

–Señora –le rebatió cortésmente Dick–, quizá venía de nuestros mismos caballos.

–No; sonaban por el oeste.

–Aunque así sea –se impacientó Richard–, sigamos adelante y que Dios nos acompañe con su gracia.

Ya más cerca del campamento, vieron impresas en la nieve las huellas de muchos caballos, y pronto advirtieron una columna de humo que salía de entre los árboles. Sólo entonces ordenó Dick a sus hombres que se desplegaran, para cercar la posición enemiga. Hizo que Alicia se refugiara detrás de un enorme tronco, y comenzó a arrastrarse en dirección a la hoguera.

Pronto la vio, encendida sobre un montecillo rodeado por malezas en tres de sus lados. En torno del fuego había una docena de personas, pero ningún caballo. Dick, sorprendido, comenzó a temer alguna trampa, pero ya era demasiado tarde para retroceder.

En aquel momento reconoció a un hombre que tendía las manos al fuego, a su viejo amigo y leal adversario, Bennet Hatch. Y junto a él, vestidas con trajes masculinos, estaban sentadas Joanna Sedley y lady Brackley. El corazón de Dick latió de alegría y de temor

–«¿Qué me importa lo demás –se dijo en seguida–, si ya encontré a mi Joanna?».

En aquel momento, un ligero silbido le avisaba de que el cerco se había completado. También Bennet lo debió oír, poniéndole en guardia; pero antes de que pudiera coger sus armas, Dick le intimó:

–Bennet, viejo amigo –le dijo– ríndete. Si pretendes resistir no harás más que sacrificar inútilmente algunas vidas.

–¡Por Santa Bárbara! –exclamó Hatch–. ¡Si es master Richard!... Pero eso de rendirse me parece excesivo. ¿Cuántos hombres sois?

–Más que vosotros, y además estáis rodeados, te lo aseguro. Me siguen cuarenta hombres, que pueden acabar con vosotros en una sola descarga de flechas. El mismo César pediría cuartel.

–Master Dick –respondió Bennet–, no sabéis cuánto lo siento, pero he de cumplir con mi deber. ¡Que los santos os protejan!

Y después de decir la última frase, se llevó a los labios una pequeña trompeta y dio el toque de alarma. Siguieron unos momentos de confusión. Dick, temiendo que las damas fueran heridas, vacilaba en dar la orden de tirar. El pequeño destacamento de Hatch cogió las armas y formó el cuadro, espalda con espalda, para mejor resistir... Joanna, aprovechando el desconcierto, dio un salto y echó a correr hacia donde estaba su amado.

–¡Aquí me tienes, Dick! –gritó, estrechando entre sus manos las del joven caballero.

Richard no acababa de decidirse. Todavía estaba poco avezado a la crueldad de la guerra para afrontar sus deplorables necesidades, y al pensar en la anciana lady Brackley retenía en sus labios la orden de atacar. Hasta sus propios hombres se rebelaron ante aquella peligrosa decisión; unos le preguntaban qué hacían, pero otros comenzaron a disparar sus arcos, sin esperar más. En la primera descarga, una flecha hizo morder el polvo a Bennet.

Sólo entonces pareció despertar Richard, y gritó:

–¡Adelante, muchachos! ¡Disparad! ¡Poneos a cubierto y disparad! ¡Inglaterra y York!

Entonces, irrumpiendo en el silencio nocturno, se oyó un sordo rumor de caballos lanzados al galope sobre la nieve, que se acercaba rápidamente. Por todos los lados sonaban toques de trompeta.

–¡Replegaos junto a mí! –gritó Richard.

Pero sus hombres, separados como estaban, privados de cabalgaduras y sorprendidos cuando ya contaban con una fácil victoria, en vez de reunirse comenzaron a retroceder, dispersándose más todavía entre la maleza.

Cuando los jinetes asaltantes cargaron sobre ellos, sólo pudieron acabar con unos pocos rezagados; el grueso de la tropa confiada a Dick había escapado al oír de cerca el ruido de los caballos.

Mientras, Richard Shelton quedó inmóvil unos instantes. Se dio cuenta de que sir Daniel, con su veteranía, debió comprender la maniobra de cerco que los perseguidores intentarían; entonces se alejó con el grueso de la tropa, para después atacarles, cogiéndoles por la espalda. El señor de Moat-House probó ser un hábil capitán, mientras que él había actuado sólo como un chiquillo vehemente.

Ahora, el joven caballero se encontraba solo en medio del bosque y bajo la oscuridad de la noche. Verdad es que Joanna seguía junto a él, y que todavía sus manos continuaban unidas; pero sus gentes y sus caballos se habían diluido en la maraña de la selva.

–¡Cuando pienso que esta misma mañana me armaron caballero! –murmuró–. ¡Y ahora, qué poco me honra lo que está sucediendo! ¡No tenemos otro remedio que huir!

Después de aquella amarga reflexión, siempre sin soltar a Joanna, echó a correr, metiéndose audazmente en lo más intrincado de la maleza para seguir el camino más corto hacia Holywood. Sólo se detuvieron cuando ya no podían más y necesitaban recobrar aliento. Ya sonaba muy lejos el rumor de los caballos persiguiendo a los fugitivos.

–¡Si por lo menos hubiera guardado en reserva a unos pocos hombres! –siguió lamentándose Richard–. ¡Quién sabe si ahora podría dar la vuelta a la situación!

–¿Qué importa, Dick? –replicó Joanna–. ¿No estamos juntos, por fin?

Él la miró. Era John Matcham, vestido como en tiempos pasados, con calzas altas y jubón; pero ahora sabía quién estaba debajo de aquellas ropas tan poco favorecedoras; ella le sonreía y le miraba con los ojos radiantes de amor y felicidad. El corazón de Dick se sintió arrebatado de alegría y exclamó:

–Querida, si tú excusas mi torpeza, ¿qué importa lo demás?... Corramos hacia Holywood, donde está lord Foxham, tu buen tutor y mi leal amigo. Nos casaremos; y, ricos o pobres, famosos o desconocidos, seremos felices... Hoy amada mía, gané mis espuelas de caballero, grandes personajes me han felicitado por mi valor, y me creí el guerrero más valiente del reino. Después perdí el favor de los magnates y ahora me veo prácticamente aplastado. ¡Mucha fue mi presunción, y mayor ha sido la caída! Pero poco importa, amiga mía: si continúas queriéndome y aceptas casarte conmigo, abandonaré la caballería sin el menor resentimiento.

–¡Dick de mi vida! –exclamó ella–. Entonces, ¿ya eres caballero?

–Sí, Joanna mía. Y ahora ya eres «lady», o lo serás mañana mismo, si quieres.

Antes de que contestara, se oyó una voz burlona:

–¿Es cierto eso, caballerito? ¿No ibais a ingresar en un convento?

–¡Alicia! –exclamó Joanna.

–En persona –respondió la damita, surgiendo de un matorral–. Alicia, a quien diste por muerta pero que luego salvó tu paladín, para hacerme la corte.

–¡No es posible!... ¿Mi Dick?

–Sí: tu Dick –le remedó la damita–. Y vos, galante caballero, ¿acostumbráis a abandonar a las damas desgraciadas, dejándolas plantadas detrás de un roble?... ¡Ay, cómo han cambiado los buenos tiempos de la caballería!

–Señora... –exclamó él, desolado–. La verdad es que os olvidé. Tratad de perdonarme; comprenderéis que, al recobrar a Joanna...

–Callad. ¿Cómo podía creer que lo hicisteis a propósito?

Pero Joanna continuaba inquieta y volvió a preguntar:

–¿Es verdad que Dick te hizo la corte?

–¡Claro que no, niña tonta! Fui yo quien se la hizo a él. Incluso le propuse que se casara conmigo, pero me dejó plantada. Y debo advertir que es un muchacho más franco que cortés, y tan valiente como bobo de corazón... Pero dejemos las bromas, y vámonos de aquí cuanto antes. ¿Atravesamos otra vez el barranco, o seguimos en línea recta hacia Holywood?

–No sé lo que daría por tener un caballo –se lamentó Richard–. Me han vapuleado tanto en estos días, que mi cuerpo es un puro cardenal. Sin embargo, Holywood no queda demasiado lejos, ni es tarde todavía; y como la nieve está dura y la luna alumbra bastante, vámonos ya. ¡Adelante y buen ánimo!

Alicia quiso ir detrás de los enamorados, que marchaban cogidos de la mano y sumidos en un paraíso de felicidad; como la damita dijo, estaban ensayando el cortejo nupcial.

Y pronto, desde lo alto de una colina, pudieron ver el valle de Holywood, con la abadía en medio, extrañamente iluminada.

El resplandor de cirios y antorchas salía por los altos ventanales de la iglesia; su campanario se elevaba sobre un fondo de cielo estrellado, y su cruz de oro centelleaba. A su alrededor inmediato, en todas las praderas y los claros del bosque, ardían fuegos de campamento y se levantaban innumerables tiendas.

–¡Por la Santa Misa! –exclamó Dick–. Las gentes de lord Foxham están acampadas todavía. Sin duda el mensajero del duque se ha perdido, y continúan esperándolo. Ahora tendremos fuerza sobrada para resistir a sir Daniel.

La verdad era muy otra. El correo de Gloucester llegó a tiempo, y las tropas de lord Foxham partieron pero a mitad del camino se encontraron con las del duque que venía de Shoreby para cortar el paso a los restos de los de Lancaster. Luego de acabar con ellos, se ponía en marcha para reforzar a su hermano, que acampaba a veinte millas de allí. Ahora, mientras los soldados descansaban, el augusto visitante y sus capitanes eran obsequiados suntuosamente en el rico y poderoso monasterio.

Allí fue llevado Richard y las dos damas, y en seguida se presentó ante los dos magnates. El duque de Gloucester, agotado, apoyaba en una mano su pálido y terrible rostro.

Lord Foxham, apenas repuesto de su herida, estaba sentado a su derecha. No más ver al joven Shelton, el ya famoso jorobado le preguntó:

–¿Me traéis la cabeza de sir Daniel?

–Señor duque –respondió Dick, procurando ocultar su tremenda inquietud–, ni siquiera puedo devolveros vuestros hombres. Me han derrotado vergonzosamente.

Gloucester le miró, frunciendo el entrecejo.

–Está bien –fue lo único que dijo–. Podéis retiraros.

–¡Un momento! –dijo entonces lord Foxham–. También yo había confiado una misión a este joven, y quizás haya tenido más éxito. ¿Habéis encontrado a la muchacha, master Shelton?

–Sí, milord. Con la ayuda de los santos, ya está en la abadía.

–¿De veras?... Entonces, señor duque, con vuestra venia, mañana, antes de que el ejército levante el campo, propongo que se realice una boda. Este joven escudero...

–Caballero –le corrigió Catesby, que estaba junto a él.

–¿Caballero? –se asombró lord Foxham.

–Yo mismo –explicó el duque–, y por sus buenos servicios, le armé caballero esta mañana... No es valor lo que le falta, precisamente, pero sí madurez. Sin embargo, ¡si quiere casarse, que se case!

–Sí: es un buen muchacho –añadió lord Foxham–. Podéis sentiros dichoso, Richard Shelton; ya lo arreglé todo con Hamley, y mañana os casaréis con Joanna.

Dick juzgó prudente retirarse en seguida. Pero aún estaban en el refectorio, cuando un mensajero del otro Gloucester se apeó en la puerta y, abriéndose paso a través de caballeros y servidores, se hincó de rodillas ante el duque.

–¡Victoria, milord! –exclamó.

Cuando Richard llegaba al aposento que lord Foxham le había destinado, oyó cómo las tropas lanzaban vítores por el segundo golpe asestado al poderío de la Casa de Lancaster.

CAPÍTULO 6

La venganza de Dick

Dick se levantó antes que el sol. Gracias al guardarropa de lord Foxham pudo vestirse elegantemente, sin que le faltara detalle, y fue a dar un paseo por el bosque inmediato para contener su impaciencia. Ahora ya podía sentirse dichoso sin reservas, ya que no lamentaba la brevedad de su favor cerca del duque de Gloucester. El futuro se le presentaba inmejorable, teniendo a Joanna como esposa y a lord Foxham como protector.

Con estos gratos pensamientos caminaba, cuando el cielo comenzó a iluminarse por oriente y apareció el sol. Se volvió, para regresar a la abadía, y pudo ver cómo una figura borrosa se ocultaba detrás de un árbol.

–¡Alto! –gritó–. ¿Quién va?

El hombre dio un paso hacia Dick. Vestía hábito de peregrino, con el capuchón caído sobre el rostro, pero Richard lo reconoció en seguida: era el señor de Moat-House; se dirigió hacia él, desenvainando su espada; mientras, el falso penitente se llevaba la mano a sus hábitos, como para empuñar un arma oculta, y así esperó a que se aproximase.

–Por lo que veo, Dick –dijo–, te dispones a combatir con un vencido.

Richard Shelton respondió:

–Siempre me porté como vuestro amigo más leal, y nunca atenté contra vuestra vida hasta que vos atentasteis contra la mía.

–Fue en defensa propia... Pero ahora, Dick, el resultado de la batalla de Shoreby y la presencia en mis bosques de ese diablo jorobado, me han perdido sin remedio. Voy a Holywood, a pedir el amparo sagrado de la abadía; después saldré de Inglaterra y volveré a comenzar la vida en Francia o en Borgoña.

–No podéis ir a Holywood –dijo secamente Shelton.

–¿Por qué?

–Dentro de unos momentos me caso. Éste es el día más hermoso de mi vida. Vos estáis condenado, tanto por la muerte de mi padre como por las felonías que cometisteis conmigo; pero yo también he causado la muerte de muchos hombres, y no quiero ser juez ni verdugo. Aunque fueseis el demonio en persona, no os haría el menor daño y os dejaría marchar. Pedid perdón a Dios, porque yo os concedo el mío, de todo corazón... Sin embargo, no permitiré que vayáis a Holywood. Marchad en cualquier dirección, menos en ésa. Estoy con los de York, y no puedo consentir que un espía se introduzca en nuestras líneas. Si dais un paso, llamo al puesto de guardia más cercano para que os prendan, pues ni eso haré por mí mismo.

–Te estás burlando de mí –replicó sir Daniel–. No tengo otro refugio posible que la abadía.

–Eso no me importa.

–¿Sabes que así me sentencias a muerte?

–Yo no os sentencio a nada. Más aún, si os place medir vuestras armas con las mías venid. Así vengaré a mi padre sin que me remuerda la conciencia.

–Llevas espada, y yo sólo tengo un puñal.

Dick echó la espada lejos, mientras decía:

–Entonces me batiré sin espada.

–Sólo quería probarte –dijo el caballero, con una sonrisa forzada–. No quiero verter tu sangre.

–Entonces, marchaos antes de que sea demasiado tarde. Ya he tenido sobrada paciencia, y dentro de cinco minutos avisaré a las patrullas, si continuáis aquí.

Sir Daniel accedió:

–Está bien. Me voy.

Y haciendo como decía, dio la vuelta y comenzó a alejarse entre los árboles.

Dick le vigiló mientras marchaba, rápida y cautelosamente, volviendo la cabeza a cada paso para mirar al muchacho que le había perdonado la vida y del que todavía sospechaba.

De pronto se oyó, como una nota musical, el vibrar de un arco, y en seguida el silbido de una flecha. Con un tremendo grito, en el que se mezclaban el dolor y la rabia, el señor de Tunstall se desplomó en el suelo.

Dick echó a correr hasta arrodillarse junto a él. El rostro de su antiguo tutor se contraía espantosamente, y su cuerpo era sacudido por violentos espasmos.

–¿Es negra la flecha? –preguntó, entre jadeos.

–Sí.

Nada más oír aquella respuesta, el caballero sufrió una última convulsión y entregó su alma.

Richard, cuidadosamente, tendió su cuerpo de espaldas sobre la nieve del suelo. Después se recogió unos instantes para rezar por el muerto. Cuando se levantó, otro hombre estaba arrodillado detrás de él. Un arco caído a su lado lo señalaba como el matador de sir Daniel. Cuando aquel hombre acabó sus oraciones, se incorporó a su vez, mostrando el rostro demudado de Ellis Duckworth.

–Richard Shelton –dijo, con voz grave–, he oído lo que hablabais, y he visto que tomabais el mejor partido, perdonando. El mío ha sido peor. Rezad por mí.

Dick estrechó la mano que le tendía Juan el Justiciero, y respondió:

–Hacedlo vos por mí... Pero os ruego que reflexionéis. Si tanto tiempo habéis marchado por el camino de la venganza, y ahora le encontráis un sabor tan amargo, ¿por qué no perdonar a los demás...? Hatch ha muerto también. ¿No perdonaréis, por lo menos, a sir Olivier, a ese sacerdote?

Una llamarada pasó por los ojos de Ellis Duckworth.

–Aún puede más en mí el demonio de la venganza –dijo–. Pero quedad tranquilo. La Flecha Negra se ha disuelto, y sus dardos ya no volarán más... En cuanto a vos, id a donde os llame vuestra buena fortuna, y olvidaos de Ellis.

CONCLUSIÓN

Aún no serían las nueve de la mañana, cuando lord Foxham condujo a su pupila, de nuevo vestida como convenía a su condición, y seguida por Alicia de Risingham, a la iglesia de la abadía de Holywood. Antes de llegar se cruzaron con Richard de Gloucester, cuyo rostro ya se fruncía por nuevas ambiciones.

Al verles se detuvo a saludarles.

–¿Ésta es la doncella? –preguntó.

–Sí, milord –respondió lord Foxham.

–Hermosa dama –a continuación, y dirigiéndose a ella, le rogó el duque–: levantad el rostro para que admire mejor vuestra belleza.

Cuando Joanna lo hizo, la estuvo contemplando un largo rato, con gesto adusto. Luego dijo:

–Sois bella, y también rica, por lo que me han contado. ¿Qué responderíais si yo os ofreciese un marido digno de vuestra belleza y vuestra alcurnia?

–Milord –contestó ella–, si vuestra Gracia lo permite, preferiría casarme con sir Richard Shelton.

–¿Cómo? –exclamó secamente él–. Si os casáis con el gentilhombre que yo os diga, esta misma noche lo haré milord, y vos seréis milady. Porque vuestro sir Richard, desde ahora os lo digo, toda su vida continuará siendo sólo sir.

–No pido al cielo otra cosa –replicó Joanna–, que morir siendo su esposa.

–¿Qué os parece la respuesta? –dijo el duque, dirigiéndose a lord Foxham–. En verdad que hacen buena pareja. Cuando, por sus grandes servicios, propuse al joven Shelton que escogiera su recompensa, no encontró nada mejor que pedirme que el perdón de un marino viejo y borracho. Le advertí, pero siguió obstinándose. «¡Pues aquí termina vuestro favor!», le dije. ¿Y sabéis qué contestó ese tozudo impertinente?... «¡Sea como vos queréis!».

–¿Es cierto? –exclamó Alicia, sin poderse contener–. ¡Qué hermosa respuesta!

–¿Quién es esta dama? –preguntó el de Gloucester.

–Una prisionera de sir Richard –respondió lord Foxham–: Miss Alicia Risingham.

–Entonces, procurad casarla con un hombre de nuestra confianza –ordenó el jorobado.

–He pensado en Hamley, mi primo, si vuestra Gracia lo consiente. Ha demostrado sernos muy leal.

–Me parece bien. Procurad que se casen lo antes posible... ¿Estáis de acuerdo, bella dama?

–Milord –respondió Alicia–, con tal de que sea un hombre recto...

Consternada, la damita se interrumpió bruscamente al pronunciar la última palabra. Pero el duque, sin perder la serenidad, continuó:

–Es recto, señora. Yo soy el único torcido entre mis partidarios, cuyos hombres son fuertes y bien trazados... Señoras, y vos, milord, permitidme que os deje. En tiempos de guerra, un capitán no puede disponer de su tiempo como quisiera.

Y después de saludar elegantemente, el duque de Gloucester se alejó del grupo de nuestros amigos.

–¡Estoy perdida! –dijo entonces Alicia.

–No le conocéis bien –replicó lord Foxham–. No pasará nada, y hasta ya habrá olvidado vuestras palabras, creedme.

–Si así lo hace, será la flor de la hidalguía.

–No es por eso. Es porque ya piensa en otras cosas... Pero no nos retrasemos más.

Mientras así dialogaban lord Foxham y Alicia, ya Dick les esperaba en el presbiterio, acompañado de otros jóvenes caballeros, y pronto quedaron unidos para siempre Richard Shelton y Joanna Sedley.

Cuando, después de la ceremonia, salieron del templo, todavía serios pero felices, ya el ejército yorkista se alejaba formando largas filas, en medio del ambiente helado de aquella soleada mañana de invierno. La bandera del duque de Gloucester flotaba entre las picas y las lanzas. Detrás de ella, rodeado de sus mejores caballeros, todos vistiendo ricas armaduras, el audaz y perverso Ricardo el Jorobado marchaba hacia una efímera realeza y un perdurable oprobio.

Pero el cortejo nupcial fue a ocupar sus sitios en la mesa del refectorio, para tomar un desayuno especial, presidido por la felicidad del amor eterno de dos jóvenes. El padre cillerero de la Abadía les servía y acompañaba. Hamley, olvidando toda clase de celos, comenzó a cortejar a Alicia de Risingham, que se sentía halagada ante los primeros roces del amor. Joanna y Dick, sentados uno junto al otro, se miraban a los ojos con creciente amor.

Fuera de la abadía seguía el sonar de las trompetas y el ruido de la soldadesca y los caballos, que pasaban alejándose hacia nuevos horizontes. Así, también la sangre y las turbulencias de aquella época se apaciguaron poco a poco. Y nuestros dos héroes vivieron entregados al amor junto a los bosques donde había nacido este sentimiento.

Mientras, dos viejos dejaban transcurrir plácidamente sus días en la aldea de Tunstall. Uno de ellos, viejo lobo de mar, lamentó hasta el último instante la pérdida de su marinero Tom. El otro, que había ejercido todos los oficios, emprendió el camino de la piedad y murió, bajo el nombre de hermano Honestas, en la vecina abadía.

De ese modo, muriendo fraile, Lawless vio cumplidos sus más fervientes deseos.

ÍNDICE